新　潮　文　庫

# 星　の　か　け　ら

重　松　　清　著

新　潮　社　版

9731

星のかけら★目次

挿画　木内達朗

# 星のかけら

# 第一章

星のかけらの伝説をぼくに教えてくれたのは、塾の友だちのマサヤだった。

「伝説っていうか、ウワサなんだけどさ」

マサヤは言った。

「ネットかなにかの?」とぼくは訊《き》いた。

「違う。中等部の先輩が言ってた」

マサヤは私立大学の附属小学校に通っている。地元の公立に通うぼくと顔を合わせるのは、週に三日ある塾の時間だけだ。学校の違う子と仲良くなったのはマサヤが初めてだった。そしていま、ぼくの友だちは、マサヤしかいない。

「ここ大事だから、もう一回だけ特別サービスで言っちゃうぞお」

塾で算数を教えるカタオカ先生の物真似《ものまね》をして、マサヤは話を繰り返した。

「星のかけらがお守りになるんだ」

「うん……」

「それを持ってると、嫌なことやキツいことがどんなにたくさんあっても、しっかり耐えられるんだよ」

「でも、星のかけらって、ホンモノの星のかけらなの?」

ぼくの質問に、マサヤはあきれ顔で笑った。

「そんなこと言ったら、石ころだって地球っていう星のかけらだろ?」

確かにそのとおりだった。

「星のかけらっていうのは、たとえなんだよ」

ぼくは黙ってうなずいた。同じ六年生でも、マサヤはぼくよりずっとオトナっぽい。私立の名門校に通っているからなのだろうか。それを言うと、いつも「関係ねーよ」とオトナっぽく怒られてしまうのだけど。

「ユウキだったら、どんなものを星のかけらにたとえる?」

ぼくは黙ったまま、今度は首を横に振った。国語は苦手だ。テストではいい点がとれても、「自由に想像して書きなさい」とか「思いつくものを挙げてみなさい」

という質問があると、たちまち頭の中が真っ白になってしまって、鉛筆が動かなくなる。

マサヤもそのことを知っているから、ぼくの答えを待たずに、あっさりと正解を教えてくれた。

「自動車のフロントガラス」

割れて小さな破片になったフロントガラスが、星のかけら。

「じゃあ、クイズをもう一問。フロントガラスが割れるのって、どういうときだと思う？」

「……交通事故」

マサヤは親指と人差し指で○をつくって、「交通事故の現場に落ちてるんだ、星のかけらは」と言った。

昼間だとよくわからない。探すのなら、夜がいい。

「キラキラ光ってるんだって。街灯の明かりや月明かりに照らされて、道路のあっちこっちで光ってるのがすごくきれいで、夢の中の世界みたいなんだ」

「見たことあるの？」

「ないよ、だからウワサだって言ってるだろ」

「中等部の先輩は？」

「その先輩もウワサで聞いただけだから」

なんだ、とぼくは笑った。ちょっと拍子抜けして、がっかりした。

「でも、きれいだと思わないか？」

真夜中の道路を思い浮かべた。車の流れが途絶えて、しんとした道路に、数えきれないほどのフロントガラスの破片が散らばって、キラキラ光っている。

ほんとだ、と思わず声が出そうになった。悲惨な交通事故の現場を美しいと思うのは、間違っている。それはわかっていても、やっぱり、きれいだ。

ぼくはなにも言わなかったけど、きっと横顔の表情で伝わったのだろう、マサヤは「なっ？」と笑って、話をつづけた。

「そこから先は、いろんな説があるんだ、そのウワサ」

「そうなの？」

「うん……中等部の先輩もよくわからないって言ってた」

どんな場所のどんな星のかけらでもお守りになる、というわけではない。厳しい

条件を満たした星のかけらでないと効き目がないらしい。その条件が、ウワサを話すひとによってさまざまなのだ。

「ひとが死んだ事故じゃないとだめだとか、逆に、ひとが死ななかった事故じゃないと意味がないとか、死んだのがオレらみたいな小学生じゃないとだめだとか、その反対で、小学生の子どもだけが生き残ってないといけないとか……」

わけわかんないだろ、とマサヤは笑った。ぼくはうまく笑い返せなかった。小学生が死ぬ。「もしも」や「万が一」の話ではなくて、そんな交通事故は毎日のように起きている。ぼくやマサヤだって、いつ自分がそうなってしまうかわからない。だから、むしょうに胸がドキドキする。

死ぬ。しぬ。シヌ。英語で言ったら、デッドだっけ、デスだっけ。四年生や五年生の頃には平気でつかっていたのに、最近は「死ぬ」という言葉が怖い。口にしたり、耳にしたり、読んだり、書いたりするたびに、息が詰まるような苦しさに襲われる。いつからそうなってしまったのか、なんとなく見当がつくから、いまは考えたくない。

「それでさ……」とマサヤがさらに話をつづけようとしたら、休み時間の終わるチャイムが鳴った。

「はい、教室に入りなさーい」

事務長のおばさんの声に、廊下に出て遊んでいたみんなは教室に駆け込んだ。

「ユウキ、行こう」

マサヤにうながされて、ぼくはみんなの最後に教室に向かう。途中で追いついてしまわないように気をつけて、ゆっくりと。

教室に向かいながら、マサヤは言った。

「星のかけらって、いいと思わない？」

黙ってうなずくと、「探してみろよ。どこかに落ちてるかもしれないぜ」とつづけた。

「うん……」

「オレ、おまえには星のかけらが必要だと思う」

きっぱりと言ったマサヤは、受験コースの教室の前にたむろしていたヤツらを
「そこ、じゃま」とにらみつけた。

ぼく一人だったら絶対に足をひっかけられる。背中を蹴《け》られるかもしれない。で

も、ヤツらはすぐにマサヤから目をそらし、こそこそと教室に入っていった。

その背中をにらんだまま見送りながら、マサヤはつぶやくように言った。

「星のかけら、あるといいよな、ほんとに」

ぼくは小さくうなずいた。

じゃあな、とマサヤは軽く手を挙げて、自分の教室に向かった。中学にはエスカレーター式に進学できるマサヤは、マンツーマンの英会話講座を受けているのだ。

授業中は別々の教室なのに、休み時間は、みんなからいじめられているぼくを守るために一緒にいてくれる。マサヤは優しい。優しいから、星のかけらの話だって、もしかしたら——。

マサヤは英会話の教室に入るときにぼくの視線に気づき、おまえも早く教室に入れよ、というジェスチャーをして笑った。

ぼくも笑い返す。でも、ほんとうは、ちょっと泣きたい気持ちでもあった。

マサヤに助けてもらったあとは、いつもこうなる。

「ありがとう」と言えばいいのか、「ごめんな」と言ったほうがいいのか、それとも、まったく違う言葉を言わなくてはいけないのか。

マサヤがそばにいるときには、いじめに遭わない。その代わり、ゲームみたいに「臆病者《おくびょうもの》」「弱虫」のポイントがどんどん貯《た》まっていく気がする。

それがいつも悔しくて、ときどき悲しくなって、自分のことが嫌いになってしまうときだって、ある。

*

その日の帰り道、マサヤはまた星のかけらの話を始めた。

ぼくたちの住んでいるM市で、数年前、小学校に入学する直前に交通事故で亡《な》くなった女の子がいる。

「そうなの？　どこで？」

思わず訊くと、マサヤはガックリと肩を落とす身振りをして、「だからさあ、ユウキ……」と苦笑いを浮かべて言った。「そういうのってウワサなんだから、そんなにマジに考え込まなくていいんだよ」

また、あきれられた。ぼくは昔からそうだ。みんなが冗談のつもりで話していることを真剣に受け止めたり、軽く聞き流せばいいところにひっかかったりして、おしゃべりを止めてしまう。ノリが悪い、というヤツだ。シャレが通じない、ともよく言われる。マサヤが相手だと、あきれられるだけですむ。でも、笑うだけではすませてくれない連中も、たくさん——そっちのほうがずっと多い。

マサヤはすぐに話を戻してくれた。

事故で亡くなった女の子の両親はとても悲しんで、事故の現場に落ちていたフロントガラスのかけらを二人で泣きながら拾い集めた。そして、それを、生きるのがキツくなった小学生に「ウチの娘のぶんもしっかり生きなさい」という思いを込めてプレゼントするのだという。

「ほんと?」

「いや、だから、ウワサだから」

「……ごめん」

「でも、いまのウワサには、もう一つの説もあるんだ」

事故で亡くなった女の子本人が、生きるのがキツくなった小学生の前に現れる。

「つまり、幽霊ってことだよ」

夢の中に出てきて「あなたは死なないでね」と、星のかけらを差し出す。目が覚めたら、枕元《まくらもと》で星のかけらが朝日を浴びて光っている、という。

「まあ、これはいくらなんでもネタだよな。そんなの出てきたらヤバいもんな」

「……うん」

うなずいてはみたものの、マサヤのように「ほんと、こういうウワサって、どんなヤツがつくってるんだろうなあ、バカだよなあ」と軽く笑い飛ばすことはできなかった。

ぼくだって、幽霊なんて信じてはいない。両親が星のかけらを配る話だって、そもそも生きるのがキツくなった小学生をどうやって見つけるのだろう……と、生真面目《きまじめ》に思ってしまうことが、ノリの悪さなのだろう。

でも、「死なないで」という言葉をマサヤが口にしたとき、ぼくの胸はドキッと高鳴った。息も一瞬だけ、詰まりそうになった。

「星のかけらかあ……」

マサヤはあくびをするような声で言って、「ユウキはそれ、欲しい？」と訊《き》いた。

黙ったままでいたら、「オレはけっこう欲しいな」とつづけた。

意外だった。マサヤにはお守りなんて要らない。そんなものを持たなくても、どんなときでも強くて、自信にあふれているのに。

「ユウキは?」

もう一度訊かれた。

「オレも……まあ、欲しい」

正直に言ったのか。いまのマサヤの言葉に乗っかっただけなのか。嘘《うそ》をついてしまったのか。自分でもよくわからない。

マサヤは「じゃあ、二つ拾わなきゃ、だな」と言って、それきり、星のかけらの話はしなかった。

＊

一週間が過ぎた。

放課後、水飲み場の水道で顔を洗っていたら、後ろにひとの気配がした。振り向かなくてもわかる。こんなとき——頭をチョークの粉で真っ白にされたぼくを追いかけてくるのは、クラスで一人しかいない。

濡《ぬ》れた顔をスタジャンの袖《そで》で拭《ふ》こうとしたら、「これ使えば?」とハンカチを差し出された。やっぱり。予想どおり。

「いいよ、汚れるから」

スタジャンの袖を顔にこすりつけると、エリカは「ハンカチって、使えば汚れるのがあたりまえだと思うけどね」と言ってぼくの背中に回り、肩についたチョークの粉をハンカチではたき落とした。

そんなことをするから、みんなに「夫婦」とか「できちゃった婚」とか、からかわれてしまうのに。

「髪、どうするの？　水で洗うと風邪ひいちゃうんじゃない？」

「家に帰ってから洗う」

体育の帽子をかぶって帰れば、真っ白な髪もそれほど目立たないはずだし、今日はお母さんの仕事の日だから顔も合わせずにすむ。

お母さんの仕事の日は、塾に行く日でもある。すぐにシャワーを浴びて、すぐに髪を乾かして、ダッシュで出かければ、なんとか授業に間に合うだろう。

「もう、教室、誰もいないから」

エリカはそう言って、「でも」とつづけた。「ユウキが嫌だったら、ランドセルとか持ってきてあげる」

「いいよ……自分で取りに行くから」

「だいじょうぶ?」

「関係ないだろ、おまえには」

そう——エリカにはなにも関係ない。同じ団地に家があって、幼稚園の頃からの幼なじみで、五年生に進級したときに初めて同じクラスになった、ただそれだけのことだ。

「絶対に言うなよ、家で」

エリカをにらみつけて、教室に向かった。

「言わないってば」

エリカはぼくを追いかけて、「少しは信じれば? ひとのこと」と付け加えた。

疑っているわけじゃない。でも、口止めをしないではいられない。

五年生の二学期にいじめが始まってから半年になる。いまのぼくは、今日はどんないじめに遭うんだろうということよりも、それを両親に知られたらどうしよう、ということのほうが心配でしかたない。エリカの親がいじめのことを知ったら、確実に、絶対に、ウチの親にも伝わってしまうはずだ。それが怖くて怖くて……怖いというより、うまく言えないけど、想像するだけで死ぬほど悲しくて……だから、やっぱり、エリカを振り向かずに「言うなよ、マジ」と念を押した。

「本人が嫌がること、わたし、しないって。そんなことしたら、ダブルのいじめじゃん」

エリカはいままでずっと約束を守ってくれている。

でも、最近はそういうときには必ず、「でもね」と言う。「マジにキツくなったら、やっぱり、オトナに言うしかないと思うよ」

「だいじょうぶだよ、まだ、まだ」

答えたあと、「まだ」っていう言い方はヘンだな、と自分でも思った。ヘンだし、悔しいし、情けない。

エリカも同じように感じたのか、あーあ、というふうに笑って、言った。

「ねえ、ユウキ……怒ればいいんだよ。みんなシャレでやってるんだから、本気で怒ったら、絶対にビビっちゃって、もうやめちゃうって」

「……わかってるよ」

自分ではいつも怒っているつもりだ。「やめろよ！」とか「いいかげんにしろよ！」と怒鳴るだけじゃなくて、相手を小突いたり、蹴ったりすることだってある。

でも、向こうのほうが人数が多いので、抵抗しても勝てない。最後は後ろから羽交い締めにされたり、床に押さえつけられたりして、身動きできなくなったところを、またやられる。

「まだ本気じゃないんだよ、ユウキの怒ってるのは」

「そんなことないって」

「だって、みんな笑ってるじゃん。笑いながら、いじめてるじゃん。笑ってるヤツらにいじめられるのって、悔しくない？」

「……べつにぃ」

わざと軽い声で、廊下の窓から夕方の空を眺めながら言った。

もちろん、そんなのは嘘だ。悔しくないわけがない。でも、「悔しい」と認めると、そのほうが悔しくなってしまう。どう言えばいいんだろう。悔しい思いをしている自分が悔しいというか、悔しさを認めたら、じゃあなんでその悔しさを晴らさないんだ、と誰かに言われそうな気がするというか……。

「たいしたこと、ねーよ」

ぼくは言った。

「マジマジマジ、だって、卒業したらおしまいだし、オレ、中学は私立に行くし」

ヘヘッと笑ってみた。

「卒業までって……ずーっと先でしょ。まだ五月なんだよ？」

「すぐだって、そんなの」

「私立に行っても、また同じかもしれないよ」

胸がドキッとした。同じクラスのヤノの顔が一瞬浮かんだ。

ヤノが、クラスで最初にぼくをいじめた。一番しつこくいじめてくる。性格はサイテーだけど、勉強はできる。ぼくが第一志望にしている青葉台学院中学なら、あいつがねらう気になれば合格するだろう。

もしもヤノが青葉台に来たら……塾のときの繰り返しになってしまう。

五年生の二学期に、塾を学区内の学習塾から学区外の進学塾に移った。

「私立受験には、こっちのほうがいいんだから」とお母さんを無理やり説得したけど、ほんとうは、塾の時間だけはクラスの誰とも一緒になりたくなかったからだ。

でも、六年生に進級する前の春期講習に、同じ学校のヤツらが三人参加した。

「こいつってさー、ウチらの学校でボコにされてんの。なにやっても全然ＯＫだから、どんどんやっちゃってよ」――その一言で、塾も学校と同じになった。

もしもマサヤと知り合わなかったら、ぼくはきっと、いろんな理由をつけて、また塾を移っていただろう。今度はもっと遠くへ。そこにもヤツらが来たら、もっと遠くへ、さらにもっと遠くへ……。

がらんとした教室に入った。よかった。今日はランドセルにいたずらされていない。黒板に書かれたぼくとエリカの相合い傘の落書きは、エリカが「もう、マジ、サイテー」と怒りながら消してくれた。

もしもエリカが同級生じゃなかったら――。

ふと、思った。転校は塾を移るほど簡単ではない。ぼくはどこにも逃げられずに、誰にも味方になってもらえずに……いったい、どうすればいいんだろう……。

ランドセルを背負って、体育の帽子をかぶったとき、救急車のサイレンの音が聞こえた。

「やだぁ、交通事故かなあ」

エリカがつぶやいたとき、先週マサヤから聞いた話を思いだした。

星のかけら——。

どんなにキツいことがあっても耐えられる、お守り——。

どうせつくり話だ。ウワサなんてまともに信じるほうがおかしいし、ウワサそのものも、マサヤがぼくを元気づけるためについた嘘なのかもしれない。

信じるな。信じるな。信じるな。信じるな。

でも、星のかけら、欲しい……。

＊

その日、塾に行くと、マサヤが「知ってる?」と声をかけてきた。「夕方、バイパスで交通事故があっただろ」

教室で聞いた救急車のサイレンの音を思いだした。確かに、バイパスの方角に向かっていた。

「タクシーとワゴンが正面衝突したっていうから、けっこう大きい事故だよ」

「……うん」

「フロントガラスも割れて散らばってるかもな」

マサヤがぼくを見るまなざしが強くなった。

ぼくもその視線をまっすぐに受け止めた。

「マサヤ……」

声が震えた。

「塾が終わったら、星のかけら、拾いに行かない？」

＊

算数の授業が終わると、英会話の教室から出てきたマサヤと目配せして、ダッシュで教室を出た。

「ユウキ、何時までだいじょうぶ？」

自転車をとばしてバイパスに向かいながら、マサヤが訊いた。

「八時ぐらいだったら……なんとかなる、と思う」

ぼくが答えると、マサヤは振り向いて「早すぎる」と怒ったように言った。

いまはもう七時過ぎで、バイパスに行くだけで七時半を回って、すぐに家に帰っても八時ぎりぎりになってしまう。

「八時に帰るなんて無理だよ。交通事故のあった場所も探さなきゃいけないし、星のかけらだって、すぐに拾えるかどうかわかんないんだし……」

マサヤは自転車のスピードをさらに速め、「九時までねばれない？」と言った。

そんなの、だめだ。帰りが八時を過ぎるだけで、お父さんもお母さんも心配して塾の近所まで迎えに来る。九時なんて、絶対にありえない。

「ケータイで電話一本入れればいいだろ」

「……持ってない」

「貸してやるよ、オレの」

「でも……」

マサヤは急ブレーキをかけた。追突しそうになって、ぼくもあわてて自転車を停める。

バッグから携帯電話を取り出したマサヤは、「ユウキの家の電話番号、教えて」と言った。

「かけるの？」

「自分で話せないんだったら、オレが説明するしかないだろ。いいから、まかせとけって。オレ、こういうのは得意なんだから」

番号を聞くと、すぐに電話をかけた。

「あ、もしもし？　岸田《きしだ》さんのお宅ですか？　夜分すみません、ぼく、ユウキくんと塾で一緒の河野《かわの》といいます。じつは、ぼく、さっき塾の階段で足をくじいちゃって、自転車に乗って帰れなくなったんです。ウチの両親、まだ家に帰ってなくて、迎えに来てもらえなくて困ってたら、ユウキくんが送ってくれるって言ってくれたんです」

びっくりして、思わず「ええーっ？」と声が出そうになった。

マサヤは人差し指を口の前で立てて、話をつづけた。

「はい……そうなんです……ちょっと遠回りになっちゃうんで、ユウキくん、帰りが遅くなると思うんですけど……はい、九時ぐらい……すみません、いいですか？　すみません、ほんと、でも、ユウキくんのおかげで助かりました……ありがとうございます」

電話を切って、口の前に立てた指を二本にした。勝利のVサインだった。

「いつも言ってるだろ、オレ、嘘《うそ》うまいんだから。これくらい楽勝だよ」

子どもの嘘がおとなをだますところを間近に見たのは、初めてだった。

でも、マサヤは、唖然《あぜん》とするぼくに言った。

「ユウキだって嘘ついてるじゃないか。いじめのこと黙ってるのって、嘘をついてるのと同じだろ」

そうなんだろうか。ぼくはいま、お父さんやお母さんをだましているんだろうか。

「よし、行こう」

マサヤのウインドブレーカーの裾《すそ》がマントみたいにひるがえる。ぼくもスタジャンのボタンをはずした。厚手のスタジャンはウインドブレーカーほど軽やかには浮き上がらなかったけど、マサヤと同じなんだ、というのがいい。

「ユウキのお母さん、優しそうな声してたな」

マサヤはぽつりと言った。

不意をつかれたせいか、お母さんの顔がびっくりするほどくっきりと思い浮かんだ。お帰り、と笑っている顔だった。

「……実物は、そんなでもないけど」

ぼくの言葉を、マサヤは笑って受け流した。

「マジだってマジ、怒るとすごい怖いもん」

早口につづけても、マサヤは「ま、べつにいいけど」と笑うだけだった。

＊

バイパスに出て自転車を停めたマサヤは、また携帯電話を取り出して、どこかに電話をかけた。

「あのさ、ちょっと調べてほしいんだけど」

ぶっきらぼうな声だったが、なんとなく、甘えているようにも聞こえた。

「夕方、バイパスで交通事故があったんだよ。そこの場所、ネットでわかる？　すぐに調べて」

向こうの返事を待っている隙《すき》に、ぼくが小声で「だれ？」と訊《き》くと、マサヤは、口をゆっくりと「あ」「に」「き」の形に動かした。

マサヤにお兄さんがいるなんて、初めて知った。いままでマサヤの家族の話を聞いたことはなかったな、と気づいたのも、初めて。

「あ、わかった？　市民会館の前？　サンキュー」

電話を切ったマサヤは、「けっこう近かった。ラッキー」と笑った。

「お兄さんって、中学生？」

ぼくは一人っ子なので、きょうだいがいる友だちがうらやましい。両親には話せないいじめのことも、お兄さんやお姉さんがいたら、たぶん、打ち明けていた……と思う。

「中学二年生」

マサヤは自転車の向きを変えながら答え、「いちおう、だけど」とつづけた。

「どういうこと？」

「関係ないよ、ユウキには」

ペダルを踏み込んで走りだす。

ぼくはもうなにも訊けなくなった。

＊

市民会館の前まで来ると、「あそこだな」とマサヤは植え込みのある中央分離帯を指差した。交差点で分離帯が途切れるところのガードレールが、ぐにゃりと曲がっている。そこには小さな花束も置いてあった。

「死んじゃったんだな、誰か……」

つぶやくぼくの声は少し震えてしまった。交通事故の現場を目にするのは初めてだったし、誰かが死んだ場所を訪れるのも初めてだ。

「アニキに被害者のことも訊けばよかったな」

「……いいよ、そんなの」

くわしく知るのが、なんとなく怖い。

「ここからだとわかんないなあ、星のかけら」

マサヤの言うとおり、路上に散らばっているはずの星のかけらは、歩道からではどこにあるのかわからない。片側三車線のバイパスは、夜になっても車が途切れなく行き交っている。星のかけらを拾うには、横断歩道の信号が青のうちに交差点の真ん中までダッシュして、急いで探して、急いで拾って、ダッシュで歩道に駆け戻って……。

マサヤも同じことを考えていたのだろう、「一発じゃ無理だな、間に合わない」

と言った。

「どうする?」

「とりあえず中央分離帯のところまで行って、探して、横断歩道が赤になったらそこに残って、青になるのを待とう」

簡単そうに言うけど、車が左右をビュンビュン走る真ん中に立って青信号を待つなんて、ほんとうにできるんだろうか?

「だいじょうぶだよ」

マサヤは自信たっぷりに言った。

「だって、中央分離帯のところ、ちゃんと待つスペースがあるんだよ。お年寄りとかベビーカー押してるお母さんとか、いっぺんに渡りきれないから、そこで待ってるの。しょっちゅう見てるもん、オレ」

見るのとやるのとでは違うような気もしたけど、自信たっぷりのマサヤと一緒だと、こっちまで、つい「だよな、平気だよな」と言ってしまう。マサヤは不思議なヤツだ。ひとを元気にするコツを知っているのかもしれない。

「よし、じゃあ、次の青でダッシュな」

「うん……」

バイパスの信号が黄色から赤に変わった。しばらく灯《とも》っていた右折用の矢印の信号も消えて、やっと横断歩道の向こう側が見渡せた。

誰か、いる。

女の子が一人で立っている。

小学二年生か三年生ぐらいの女の子だ。お父さんやお母さんの姿は見えない。

どうしたんだろう……と怪訝《けげん》に思っていたら、マサヤに背中を叩《たた》かれた。

「おい、青だぞ、行くぞ」

あわててダッシュした。

女の子はまだ向こう側の歩道に立っていた。ぼくたちに気づくと、にっこりと、うれしそうに笑って——その姿が、不意に消えた。

＊

嘘だ、嘘だ、嘘だ。

なにかの見間違いに決まっている。

中央分離帯に駆け込んで、ゼエゼエと息を切らせながら、向こう側に女の子の姿を探した。いない。歩道のどこかを歩いているかと思ったけど、やっぱり、いない。ということは、見間違い以外にはありえない。でも……。

「なにやってんだよ、早く探そうぜ」

マサヤはさっそくその場にしゃがみ込んで、路面を見つめた。横断歩道の信号が赤に変わるまでの短い時間が勝負だ。

でも、ぼくは呆然《ぼうぜん》としてその場にたたずんだまま、さっき女の子が立っていた場所から目を動かせなかった。

「おい、ユウキ、ぼーっとしてる暇ないって言ってるだろ」

「……いま、女の子見なかった？　道路の向こう側で、信号待ちしてたんだけど」

「はあ？」

マサヤが先に横断歩道を渡ったのだから、あの子がほんとうにいたのなら、マサヤが気づかないはずがない。「いなかった？」と念を押して訊くと、「なにワケのわかんないこと言ってんだよ。時間ないんだから早くしろよ」と怒られた。

だいじょうぶ。

やっぱり、あれはぼくの勘違いだったんだ。

ほっとして、「ごめんごめん」とマサヤを振り向いた、その瞬間——。

息を呑《の》んだ。

声にならない悲鳴が、喉《のど》につっかえた。

ぼくたちが渡ってきた方から、つまりぼくたちと同じ向きで横断歩道を歩いてくる人影がある。女の子だ。小学二年生か三年生ぐらいの、さっきと同じ……服装も髪形も、ぼくと目が合ってにっこり笑う顔も、さっきの子と同じ……。

別の横断歩道でバイパスを渡った？　近くに横断歩道はない。歩道橋とか、地下道？　そんなもの、どこにもない。

横断歩道の青信号が点滅を始めた。でも、女の子にあせった様子はなく、ゆっくりと、笑顔のまま、こっちに向かってくる。

「ユウキ、いいかげんにしろよ」

顔を上げたマサヤは、ぼくの視線が自分を素通りしているのに気づくと、「なんなんだよ……」と後ろを振り向いた。

「こっちに渡ってくる女の子、いるだろ」

「うん、いる」

「見えるの？」

「あたりまえじゃん、いるんだから」

今度は見間違いではない。女の子は、ちゃんと、実際に、いる。信号が青の点滅から赤に変わっても駆け出したりせず、にこにこ笑ったまま歩いている。

「あの子……さっきは、向こう側にいたんだ」

「はあ？」

「いたんだよ、ほんとに……」

つぶやくぼくの声をかき消して、信号待ちの車の最前列にいた大型トラックが、重たげなエンジンの音をあげて発進した。

女の子は、最後にぴょんと軽くジャンプするような足取りで、ぼくたちのいる中央分離帯に着いた。

「こんばんは！」

ちょっと舌足らずな甘えた声であいさつをした。

初対面だ。女の子の顔に見覚えはない。しゃがんでいたマサヤも、きょとんとして立ち上がった。

でも、女の子は、まるでついさっきまで一緒におしゃべりをしていたような調子でつづけた。

「あなたたちも、星のかけらを探しに来たの？」

ぼくとマサヤは顔を見合わせた。

いつもは余裕たっぷりのマサヤも、さすがに戸惑った様子で、「なんでわかるの？」と女の子に訊いた。

「だって、しゃがんでたから」

女の子はあっさりと答え、「星のかけらを探すひとは、みんなそうするの」とつづけた。体はちっちゃいくせに、年上のような話し方をする子だ。

「でも、あんな探し方だと見つからないよ。もっと姿勢を低くして、顔を道路にくっつけるようにしないとだめだし、意外と、ちょっと離れたところからのほうが、光ってるのがよくわかるんだから」

車はひっきりなしに行き交っている。女の子は特に声を張り上げているという感じでもない。でも、言葉はくっきりと聞こえる。耳に、というより頭の中に直接流れ込んでくるみたいだ。

「だから、あんな探し方だと、朝までやっても見つけられないと思うよ」

ぼくは素直にうなずいたけど、マサヤは自分のやり方ではだめだと言われてカチンと来たのか、「なんでおまえがそんなこと知ってるんだよ」と言い返した。

「知ってちゃ悪い？」

「……おまえ、まだ低学年だろ、こんな時間に一人でなにやってるんだよ」

女の子はちょっとうつむいて、「一人ってわけじゃないんだけどなあ……」とつぶやき、まあいいや、と顔を上げた。不思議だ。やっぱりおかしい。ちょうどトラックが中央分離帯を挟んですれ違ったところで、あんなつぶやき声が聞こえるわけないのに。

「あのね、星のかけらが落ちてる場所、教えてあげる。今度信号が青になったら拾いに行けば？」

そう言って、女の子は車道を指差した。

「あそこに落ちてる」

伸ばした人差し指は、交差点の真ん中に移った。

「あそこにも」

さらに中央分離帯の植え込みも指差して、「そこにもあるから、すぐに拾えるよ」と笑う。

マサヤは「テキトーなこと言ってるだろ、おまえ」と女の子をにらみつけた。

「信じないんだったら、植え込み、探してみれば？　そこだから、そこ、サツキの花びらにひっかかってるから、星のかけら」

ムッとした顔のまま、マサヤは植え込みに入っていった。女の子は「そこの先の花……違う、もっと先のほう……そうそう、そのあたり、ちょっとよく探してみて」と言って、ぼくに向き直る。

「ユウキくん、だよね？」

なんで――？

「で、怒りっぽい子が、マサヤくん」

なんで――？

「わたし、フミっていうの」

わからない。顔にも、名前にも、とにかくすべて、まったく覚えがない。

それに、なによりー。

「あの……さっき、あっちにいなかった？」

どきどきする。「ううん」と言われたらぞっとするし、「うん、いたよ」という答えが返ってきたら、もっと、ぞっとする。

そんなぼくの胸の内が伝わったのか、フミちゃんはほんの少し申し訳なさそうな顔になった。

「ユウキくんって、怖がりで、臆病《おくびょう》？」

「……わりと」

「ごめんね、わたし、ときどきおせっかいになっちゃって」

「はあ？」

「ほんとうはずーっとあっちにいなくちゃいけないいんだけど」

あっち――のところで、フミちゃんは夜空を指差した。

そして、もう一度ぼくを見て、「怖がりの子の前に出てきて、ごめんね」と笑った。「でも、ユウキくんを見てると、ちょっとほっとけなくて」

ぼくは呆然としてフミちゃんを見つめた。声が出ない。怖いのに、目をそらすことができない。

フミちゃんは「そういうこと」と言って、植え込みに声をかけた。

「ねえ、あったでしょ?」

マサヤは植え込みの中に立ったまま、こっちを見ていた。

「おまえ……幽霊なの?」

マサヤの耳にも、フミちゃんの言葉は届いたようだ。

「怖い?」

からかうようにフミちゃんが言うと、マサヤはまたムッとして「べつにぃ」と言い返した。無理している。強がっている。その証拠に、声が震えていた。

でも、ぼくもそうだけど、小さな子どもの頃に幽霊が出ることを想像して、一人でおしっこに行けなくなったほどには、怖くない。フミちゃんの姿はちっとも恐ろしげではなかったし、恨めしそうでもなかったから。

「ねえ、マサヤくん、星のかけら見つかった?」

マサヤは右手をゆっくりと胸の前まで上げて、手のひらを開いた。

「……あったよ」

手のひらの上で、割れたフロントガラスの破片が光っていた。

＊

横断歩道の信号が青になるたびに、交差点に入って星のかけらを拾い集めた。

ぼくとマサヤ、合計して十個近いかけらが集まった。

でも、かけらの落ちている場所を次々に教えてくれたフミちゃんは、ぼくたちが集めたかけらをじっと見つめて、ため息をついた。

「これも星のかけらだけど……ホンモノじゃなかったみたい。残念でした」

「ホンモノとかニセモノとか、どうやってわかるんだよ」

口をとがらせるマサヤに、フミちゃんは「これ、見せてあげる」と自分が持っていた星のかけらを渡した。

「……おんなじじゃん」

マサヤは手のひらに載せた星のかけらを見つめて言った。横から覗《のぞ》き込むぼくもうなずいた。フミちゃんが持っていたのも、ぼくたちが拾ったのと変わらないフロントガラスの破片だ。

首をかしげながら街灯の明かりに破片をかざしたマサヤは、不意に「うそっ」と声をあげた。

ぼくも見た。複雑な断片で割れたガラスを通った光は、ぼくたちの目の前でぼうっと広がって、まばゆいスクリーンになって、そこに、ひとの姿が浮かび上がっていた。

お父さんとお母さんと子ども――両親に挟まれて笑っているのは、フミちゃん。

「これが、ホンモノの星のかけら」

フミちゃんはそう言って、寂しそうに笑った。

# 第二章

翌朝、登校するとき、スタジャンのポケットに星のかけらを入れた。

ゆうべの不思議なできごとは、お父さんやお母さんには話さなかった。たとえしゃべっても、どうせ信じてくれないだろう。

ぼくだってそうだ。自分の体験したことなのに、すべてが夢だったような気がする。

バイパスの交差点でマサヤと一緒に星のかけらを拾い集めたところまでは、だいじょうぶ、現実だ。

その証拠に、ぼくはちゃんと星のかけらを家に持ち帰って、いま、それはポケットの中にある。

でも、そこから先は——。

フミちゃんという女の子に出会ったことも、フミちゃんがホンモノの星のかけらを見せてくれたことも、ぜんぶ夢だった、かもしれない。

だって、あいつ、ぼくたちがちょっと目を離した隙《すき》に消えていたから。

横断歩道の信号は赤のままだったのに、あたりを見回しても、どこにもいなかったから。

マサヤは「オレ、幽霊なんて信じないから、絶対に信じてないから……」と震える声で言って、あはは、と無理やり笑った。

じゃあ、なんでフミちゃんは消えちゃったんだよ——と言い返したかったけど、そんなことを口にすると、よけい怖くなりそうだったから、ぼくも「だよな？ ワケわかんないよなーっ」と、その場でジャンプしながら笑って、信号が青になると二人で同時にダッシュして歩道に戻った。

そう。夢を見たんだ。ぼくもマサヤも、同じタイミングで、同じ内容の夢を。

それで決まりだ。絶対に、正解。ほかに考えられない。ありえない。

ぼくたちは自転車にまたがると、猛スピードでペダルを漕《こ》いだ。後ろは振り返らなかったし、フミちゃんのことはお互いに一言もしゃべらなかった。

でも、ぼくは見た。

先を走るマサヤのウインドブレーカーのポケットから、キラキラと光る星が、いくつも、まるで星座ごと流れているようにこぼれ落ちた。

ぼくのスタジャンのポケットからも、同じように星がこぼれた。路上に落ちた星は、フッと光が消えて、暗闇《くらやみ》に溶けてしまう。

あわててポケットに手を入れると、自転車に乗る前には確かに五、六個あったはずの星のかけらは、たった一つきりになっていた。

マサヤも自転車を漕ぎながらポケットを探って、「あれ？　あれ？」と不思議そうに言った。マサヤの拾った星のかけらも、一個を残して、あとはぜんぶポケットからこぼれ落ちていたのだ。

なんで——？

考えるのが怖かった。

だから、ぼくもマサヤも「ま、いいや」と言って、二人でどちらからともなくアニメの歌を歌って、郵便局の交差点で「バーイ！」「じゃあ、あさって、塾で！」と思いっきり元気よく別れのあいさつを交わして……それで、今夜のことはおしまいにした。

家に帰ると、お風呂《ふろ》に入って、遅い晩ごはんを食べて、勉強はパスして、ベッドにもぐり込んだ。

寝付かれなかったらイヤだな、怖いな、と心配していたけど、自分でもびっくりするぐらい、あっさりと眠りに落ちた。「明日も学校あるのかあ」とか「行きたくないなあ」とか「ヤノたちがみんな明日は学校を休んだらいいのに」とか……そんなことを考えずに眠れたのは、ほんとうにひさしぶりだった。

とにかく、ぼくは星のかけらを手に入れたのだ。

一つきりしか手元には残らなかったけど、これは確かに星のかけらで、マサヤの言葉を信じるなら、星のかけらを「お守り」にして持っていれば、どんなにつらいことがあっても耐えられるはずで……。

小学校の校門をくぐった。

少し先のほうを、ヤノが子分を引き連れて歩いているのが見えた。

ポケットの中で、星のかけらをギュッと握りしめる。

たまたま最後に残った一個なのに、そのかけらは、大きさも、厚さも、重さも、割れた断面の角度やデコボコの具合まで、まるでぼくの手のひらと指のサイズに合わせたみたいに、しっかり握ることができた。

これも、フミちゃんのしわざなのだろうか。

＊

教室はいつもと変わらなかった。

昨日と同じ、六年一組。

始業チャイムが鳴る前にヤノが子分を連れてぼくの席に来て、「宿題、見せろよ」と算数のノートを勝手にランドセルから出したり、「すみませーん、ぶつかっちゃいましたーっ」と机の脚を蹴《け》ったりするのも、いつもと同じ——。

「やめろよ」

ぼくだって、黙ってやられているわけではない。

「やめろってば、返せよ、ノート」

ヤノをにらみつけて、ときには机を叩《たた》いて文句を言うことだってある。

でも、効き目はなにもない。

あいつらは算数のノートを「パス！」「パス！」とみんなで回す。宿題の答えを書き写す気なんて、最初からない。算数の授業が始まるぎりぎりまでノートを返さず、落書きをしたり、せっかく書いた宿題のページをぜんぶ消しゴムで消したり、答えの数字を書き換えたり……ひどいときには、そのページをカッターで切り取ってしまうことだって、ある。

「返せよ、なにやってるんだよ」

どうせムダだ。もっと怒っても、あいつらは笑って逃げだす。追いかけると、走りながら「ごめん！」「悪い！」と謝って、みんなバラバラになって遠くへ逃げてしまう。ケンカにもならない。ただ、からかっているだけ。

担任のシモダ先生に注意されても、どうせあいつらは笑いながら「ふざけてただけでーす」と言って、先生の前では素直にぼくに謝って、それで一件落着になって……しばらくすると、また同じことの繰り返しだ。

シモダ先生はまだ若い女の先生で、五年一組の担任だった頃からヤノのいじめには気づいていなかった。でも、もしも先生がなんとなく怪しいと勘づいて、ぼくに訊《き》いてきたら、どう答えればいいのだろう。

すべてを正直に打ち明ける？　そして「先生、助けてください」と訴える？　テストの採点のように○か×で決めるのなら、迷う間もなく、それが○になる。

でも、もしかしたら、ぼくはとっさに「だいじょうぶです」と言ってしまうかもしれない。いじめられていることすら認めないかもしれない。

なんで？

オレってそんなに優しいヤツなの――？

オレ、あいつらに甘すぎない――？

「違うよ」

エリカは、いつも、きっぱりと言う。

「ユウキはね、優しくもないし、甘くもないの。ただ弱いだけ」

怒った顔で言うときもあるし、悲しそうな顔で言うときもある。でも、きっぱりと言い切る口調はいつも同じだし、「そんなことないよ」とぼくがムスッとすると、それ以上はなにも言わない。

でも……エリカのことはどうでもいい。

いまもエリカは教室のどこかで女子の友だちとおしゃべりしながら、こっちをちらちら見ているはずだけど、もう、どうでもいい、あいつは関係ない。

ヤノのことだって、ほんとうはどうでもいい。あんなヤツに本気で腹を立てたってしかたない。いじめなんてくだらないことで、くだらないことに夢中になるヤツらなんてサイテーで、サイテーのヤツらのことは放っておくにかぎる。相手にしないのが一番だ。算数のノートをイタズラされたって、だいじょうぶだ。宿題の答えは、教科書にも書いておいた。もしもノートを返してもらえなくても、先生にあてられたら、ちゃんと答えられる。こういうのを、「生きる知恵」っていうんだと、思う。

始業のチャイムが鳴った。

ノートは、やっぱり返ってこなかった。

べつにいいよ。ぜんぜん、平気。あせった様子や困った顔を見せたら、そんなの、あいつらが喜ぶだけなんだから。

ぼくはクラスの誰とも目を合わせないようにして、黒板の横の時間割表をぼんやりと眺めた。無視無視無視、と心の中でテンポよく繰り返す。

無視無視無視無視無視無視無視無視……むしむしむし……虫虫虫虫虫……。

ゴキブリのような黒ずんだ小さな虫が、部屋の隅の暗がりに身をひそめている姿が浮かんだ。

ひきょうでサイテーなヤノたちが、獲物を襲うタイミングをじっとうかがっているのだろうか。

それとも、あの虫は、逃げ込んだ場所から身動きとれなくなった、ぼく自身のことなのだろうか。

時間割表の横には、一学期のクラス目標を書いた紙が貼《は》ってある。

〈一致団結! 六年一組〉

いじめで団結してます、先生、クラス目標は達成されました。

心の奥でつぶやいた。笑ってみたかったけど、頰の力が抜けると泣きだしてしまいそうな気がしたので、やっぱり、無視無視無視無視無視。

ポケットの中に手を入れて、星のかけらを軽く撫《な》でてみた。さっき握ったときにはなめらかだった断面が、急にギザギザして、親指の付け根にチクッとした痛みが走った。

＊

ノートが返ってきたのは、昼休みになってからだった。

「悪い悪い、うっかりしてた」

ヤノがニヤニヤ笑って持ってきたノートの表紙には、ボールペンで「死ね」と書いてあった。それも、ふつうの字ではなくて、点々で書いた「死ね」――点と点をつないでいったら、文字が浮かび上がるという仕掛けだ。

もしもぼくが先生に言いつけたら、「『死ね』って書いたわけじゃありませーん、点々だから字じゃありませーん、テキトーに点々を打ったら、たまたまそんな字の形になっただけでーす」と言い訳するのだろう。

先生に通じるかどうかはわからない。ただ、そういうことまで考えるヤノの頭の良さが、イヤだ。背筋がぞっとするぐらい、イヤだ。

ノートの表紙を見つめるぼくに気づいて、ヤノは「オレじゃないから」と言った。

「みんなに回してたら、いつのまにか書いてあったんだよ」

「……べつに、いいけど」

「なんだよ、おまえ、オレのこと疑ってんの？」

「……そんなことないけど」

「じゃあ文句言うなよ」

ぼくは黙ってノートを机の中にしまった。

中身は確かめなくてもいい。どうせ落書きだらけなのだろう。何ページか切り取られているかもしれない。べつにいいや、もう。

ヤノは友だちに呼ばれて、さっさと立ち去ってくれた。しつこくつきまとわれずにすんだ。ラッキー。これも「お守り」の効き目なのだろうか。

スタジャンのポケットから星のかけらを出して、ヤノたちがこっちを見ていないことを確かめて、そっと机の上に置いた。

窓から射《さ》し込む太陽の光を受けた星のかけらは、キラキラと輝いていた。プリズムのように光を屈折させているのだろう、机に小さな虹《にじ》もできていた。

きれいだ、とても。

でも、ゆうべフミちゃんが見せてくれたホンモノの星のかけらとは違って、ぼくの星のかけらは、どんなに向きを変えて見つめても、透き通ったまま、なにも浮かび上がってはこない。

ゆうべ暗闇に浮かんだのは、確かにフミちゃんの家族だった。お父さんも、お母さんも、フミちゃんも、楽しそうに、幸せそうに笑っていた。

あれはいったいなんだったのだろう。

フミちゃんはなにも教えてくれなかったけど、ぼくが見たのは間違いなくフミちゃんの家族の笑顔で、いまでもそれはくっきりと思いだすことができて……ゆうべは感じなかったことが、一つ、ある。家族三人の笑顔はとても楽しそうで、幸せそうだったけど、思いだすたびにじわじわと寂しさや悲しさが湧《わ》いてくる、そんな笑顔のような気もする。

もう一度、見たい。会いたい。星のかけらのことと、フミちゃん自身のことを、もっと聞きたい。

今夜もあの交差点に行けば、またフミちゃんに会えるのだろうか……。

*

「なにしてんの?」

声をかけられて、あわてて顔を上げると、エリカが前の席に座っていた。

「いま、ヤノくんが来てたでしょ」

「……うん」

「なにかイヤなこと言われたの？」

首を横に振ると、エリカは「ほんと？」と疑わしそうに訊いてきた。

「だって、さっきから見てたら、ずーっとうつむいてるから、泣いてんのかと思って」

そんなことないって、と無理やり笑うと、エリカもやっと「だよね」と笑い返してくれた。

昼休みに男子と二人きりで話す女子は、エリカ以外には誰もいない。「男子とか女子とか、関係ないでしょ」というのがエリカの口癖で、五年生の頃はぼくと一緒にいるだけで「夫婦！」「あっつーい！」と冷やかしていたヤツらも、いつのまにかなにも言わなくなった。あまりにもエリカが堂々としているので、からかっても面白くないからだ。いまでも黒板に相合い傘を落書きしたり、「ヒューヒュー！」とはやしたてたりするのは、ヤノたちだけ——ほんと、あいつら、バカ。

「ね、ユウキ、これなに？」

エリカは机の上の星のかけらに気づいた。

一瞬、困ったな、と思った。でも同じぐらい、ホッとした。マサヤと一緒のときならともかく、ぼく一人で星のかけらとフミちゃんの秘密を背負うなんて、やっぱりキツいから。

「どうせ信じてくれないと思うけど……」

前置きして話そうとすると、エリカにぴしゃりと言われた。

「だったら、しゃべるのやめれば？」

「……え？」

「ひとに伝えたいことがあるんだったら、『信じろ！』っていう気持ちでしゃべってくれる？　話を信じるか信じないかはわたしの勝手だけど、ユウキが本気でしゃべってることだけは、絶対に信じてあげるから」

そうでしょ？　とエリカは念を押して、「人間、大事なのは気合と根性だよ」と笑った。

月
日
曜

＊

ゆうべのことを、ぜんぶ話した。途中で何度も「まあ、そんなのありえないと思うんだけどさ」という言葉を口にしそうになったけど、がんばってこらえた。

エリカは最後まで黙って聞いてくれた。

信じてくれたかどうかは、わからない。

ただ、ぼくの話が終わると、壁の時計を見て「まだ時間あるね」とつぶやいて、席を立った。

「ユウキ、児童会室に付き合って」

「え？」

「『児童会だより』の昔のやつ、ぜんぶしまってあるから、あそこ」

「……知ってるけど」

「おぼえてない？　去年の児童会が、安全マップつくって配ったでしょ。そのときに、小学生が亡《な》くなった交通事故のこと、けっこうくわしく調べてたじゃない」

思いだした。うん。確かに、あった。

「フミっていう名前も、そこに出てたような気がするんだよね」

「ほんと？」

「古くさい名前だなあって思ったの、おぼえてるから」

ほら、行こう、とうながされ、エリカのあとを追って教室を出た。

廊下に出ると、六年生はもちろん下級生の子も、「こんにちは！」とエリカにあいさつしてくる。児童会の副会長のエリカは、たぶん、学校でいちばん顔の広い六年生だ。男子だって、あいさつはしなくても、エリカのことはみんな知っていて、じつはけっこう人気もあって……ヤノがエリカに片思いしているというウワサも、五年生の頃、ちらっと聞いた。ぼくがヤノにいじめられるようになったのは、そのウワサが流れてしばらくたってからだった。関係ないとは思うけど。

職員室に寄って児童会室の鍵《かぎ》を借りてきたエリカは、外で待っていたぼくに「ユウキも一緒に入ればいいのに」と言った。

「そんなの無理だよ」

「なんで？」

「だって……」

エリカは先生たちの間でも有名人で、シモダ先生以外の先生ともよくおしゃべりしている。団地の中でも、ぼくの知らないおじさんやおばさんをたくさん知っている。オトナとフツーにしゃべれるなんて信じられない。エリカってすごいよなあ、といつも思う。同じ六年生なのに、エリカはぼくよりずっとオトナだ。

児童会室に入った。エリカはスチール製の本棚から古い『児童会だより』のファイルを取り出して、ぱらぱらとめくり、「あった、これだよ」と作業机の上に広げた。

学区内の地図に、警察で教えてもらった過去十年間の交通事故の現場が書き入れてある。

死亡事故は○で、ケガですんだ事故は△――小学生が被害にあった事故は、図形がそれぞれ二重線になっている。

ガソリンスタンドとショッピングセンターのあるバイパスの交差点には、△がいくつもついていた。ぼくも知っている。四年前に歩道橋ができるまでは『魔の交差点』と呼ばれるほど事故の多い場所だった。◎もある。小学生の死亡事故が起きていたのだ。

小学生の事故については、新聞やネットで調べた細かい状況も説明してある。『魔の交差点』で起きた死亡事故は、六年前。東ヶ丘二丁目に住む小学二年生の女の子が家族と一緒にショッピングセンターに買い物に来て、バス停に向かって横断歩道を渡っていたときに、左折したトラックに巻き込まれて亡くなった。

その女の子の名前が、永瀬文――「文」の横には、「ふみ」と、ふりがながついていた。

＊

「行こうよ」

エリカは言った。

「今日はユウキ、塾ないんでしょ？　じゃあ、放課後、行ってみようよ」

誘うというより、命令の口調だった。

「……どこに？」

おそるおそる訊《き》くと、予想通り「なにボケてんのよ」と怒られた。

「決まってるじゃない、『魔の交差点』、行ってみるしかないでしょ。あたりまえのこと、いちいち訊かないでくれる？」

「行って、どうするわけ？」

交通事故はもう六年も前のことで、いまさら事故の現場に行ったってフミちゃんに会えるわけでもないし、もしも会えたら……そっちのほうが怖いし、だいいち亡くなった永瀬文ちゃんとフミちゃんが同じ子だという証拠なんてどこにもないわけだし……。

エリカも一瞬、言葉に詰まった。でも、すぐにいつもの自信に満ちた顔に戻って、きっぱりと言った。

「とにかく行くのっ。行かなきゃだめなのっ」

めちゃくちゃだけど、それがエリカだ。とにかくまずは行動を起こすこと、あとのことは行動しながら考えればいい、というのがモットーで、要するに短気でせっかちなのだ。そんなエリカに言わせれば、ぼくはただの臆病者《おくびょうもの》の引っ込み思案――。

「言っとくけど、星のかけらの話、べつに信じてるわけじゃないから」

『児童会だより』のファイルを本棚に戻しながら、エリカは言った。

「でも、ユウキみたいに星のかけらを宝物みたいにして、黙って持ってるだけって、イヤなの、わたしは」

「……うん」

「星のかけらがお守りになるって言ってたよね、ユウキ。でも、そんなのって嘘《うそ》だよ。お守りなんて、自分の心の中にしかないんだから」

「……うん」

「で、自分の心に栄養を与えてくれるのは、行動しかないってこと」

ほら行くよ、と児童会室を出たとき、昼休みの終わるチャイムが鳴った。

「ユウキ、ダッシュ！」

ぼくが答える間もなく、廊下を駆け出していく。

エリカは、また背が伸びたみたいだ。五年生の二学期に身長を抜かれて、あとはもう、差が開く一方だ。お母さんは「男の子は中学に入ってから背が伸びるのよ」と言っているけど、ほんとうだろうか。

走りながらぼくを振り向いたエリカは、「でもさー」と言った。

「さっき、わたしに星のかけらの話をしたとき、けっこうユウキ、いい感じだったよ。わたしに『信じろ！』って本気で思ってるの、わかったもん」

急にそんなことを言うから、びっくりして、戸惑って、照れくさくなって、けつまずいて転びかけた。

エリカは「なにやってんの」と笑って、前に向き直る。そのしぐさと一緒にスカートがふわっとめくれそうになったので、ぼくはまたあわててしまった。

＊

学校が終わると、エリカと一緒に『魔の交差点』に向かった。

二人で並んで歩くのは恥ずかしいので、エリカの斜め後ろを歩く。でも、エリカはそんなことちっとも気にせずに、何度も話しかけてくる。勉強のこと、運動会のこと、二学期に京都に出かける修学旅行のこと、クラスの友だちのこと……。

友だちの話題になったとき、ヤノの家が『魔の交差点』の近所だということをふと思いだして、背筋がひやっとした。

エリカと一緒のところをあいつに見られたら――。

ヤノ一人ならまだいい。でも、子分たちもいれば、絶対にあいつはなにかしてくる。いじめは、一人でやってもつまらない。みんなと一緒に面白がっているだけ。

ぼくはヤノに憎まれているわけじゃない。嫌われてもいないような気がする。ヤノや子分たちが楽しむための、ただの道具なのかもしれない。

「ねえ、ユウキ」

ぼくを振り向いたエリカは、「あれ？」となにかに気づいた様子で顔を覗《のぞ》き込んできて、なるほどね、とうなずいた。

「いま、ヤノくんのこと考えてたんじゃない？」

「……違うよ」

目をそらしたら、「ほら、やっぱり」と言われた。

「わかるんだよ、うん、わかるの。ヤノくんのこと考えてるときって、ユウキ、うつむくでしょ」

そんなの、自分ではわからない。

「で、くちびるをキュッと噛《か》みしめるの」

もっと、わからない。

でもエリカは、ぼくをからかうつもりでそれを口にしたわけではなかった。

「星のかけらがほんとうに『お守り』になるんだったら、もう、そんな顔しなくてもすむのにね」

マサヤと似たようなことを言って、あいつと同じように、寂しそうに笑った。

＊

『魔の交差点』は、車の通行量じたいは、そんなに多くない。ただ、カーブしている道路と坂になっている道路が交差するので見通しが悪く、通行量が少ないぶん車もスピードを出しているので、意外なほど事故が多い。交差点を「ロ」の字に回る歩道橋が四年前にできるまでは、「子どもだけで渡っちゃだめよ」とお母さんにキツく言われていた。

「ユウキ、あそこ……」

エリカはカーブした道路の向こう側を指差した。

「歩道橋の下にあるのって、お地蔵さまじゃない？」

ほんとうだ。歩道橋のスロープの下に、小さなお地蔵さまが立っている。いままでは自転車で一気にスロープを上っていたので気づかなかった。歩道橋ができる前も、なかったはずだ。

「歩道橋だけじゃたりないと思って、あの子のお父さんやお母さんがつくったのかな」

「うん……そうかも」

「そんな場所に自転車とか捨ててるのって、サイテー」

ガードレールで車道とも歩道とも区切られたスロープの下は、錆《さ》びた自転車やブラウン管のテレビが勝手に捨てられ、ペットボトルやコンビニの袋も散らばって、ひどいありさまだった。

「交通安全、守ってもらってるのに……」

エリカはぷんぷん怒りながらスロープを上っていった。お地蔵さまを見つけたのなら、そのそばまで行かなければ気がすまない。エリカはそういうヤツだ。

道路を渡ってスロープの下に入ると、「信じられない、中身がまだ入ってるペットボトルもあるよ」とさらに怒りながら、ゴミを集めはじめる。お地蔵さまのバチが当たるとかは信じていなくても、とにかくゴミのポイ捨てとかルール違反は大嫌いな、エリカはそういうヤツでもある。

ぼくも、足元の空き缶やコンビニの袋を拾い集めていった。こんなときにただ黙って立っているだけだと、絶対に「なにボーッとしてんの、ほら、手伝ってよ」と怒る――エリカはとにかくそういうヤツで、そんな性格を、ぼくはクラスの誰よりもよく知っているのだから。

最後にエリカと二人がかりで自転車をどかして、なんとかお地蔵さまのまわりを片づけた。

「今度、家から大きなゴミの袋持ってくるから。あと、市役所にも電話して、粗大ゴミもなんとかしてもらうから、悪いけど、今日のところはこんな感じでカンベンしてくれる?」

エリカが話しかけている相手は、お地蔵さまだ。

まるで生きている人間、というか友だちのように声をかけて、フフッと笑って、お地蔵さまの前にしゃがみ込んだ。

手を合わせて、目をつぶる。じっとお祈りを捧《ささ》げる。ぼくもあわてて、エリカの後ろで手を合わせた。

小さなお地蔵さまは、にっこりと微笑《ほほえ》んでいた。足元の台に「交通安全祈願」と彫ってある。やっぱり、これは永瀬文ちゃんの両親が置いたのだろうか。お地蔵さまの胸を覆《おお》うピンクの前掛けは、お母さんの手作りなのかもしれない。

『児童会だより』には、永瀬文ちゃんの写真は出ていなかった。フミちゃんの顔はまだ覚えているけど、フミちゃんを思い浮かべてお参りしていいのだろうか……。

「ユウキ、ちゃんと心を込めてお参りした？」

合掌を終えたエリカは、背中を向けたまま、お母さんみたいな口調で言う。

ぼくは少しムッとして「したよ」と答え、お返しに言ってやった。「エリカって、意外とそういうのを信じちゃうタイプなんだな」

「信じるよ。悪い？」

「いや……まあ、べつに悪いってわけじゃないけど……」

「わたしね、幽霊とか悪魔は信じないけど、神さまはいるって信じてるの」

エリカはぼくを振り向いて、「だから、文句言ってやりたい、神さまに」と笑った。さっきヤノのことを話したときと同じ、寂しそうな笑顔だった。

「だって……ひどいじゃない、こんなの。二年生で死んじゃうんだもん、そんなの、ないよね。トラックにひかれて痛かっただろうね、怖かっただろうね、悲しくて、悔しくて、もう、たまんなかっただろうね……」

またお地蔵さまを見つめて、「本人だけじゃなくて、お父さんやお母さんも悔しくて悲しいよね」とつづける。「交通事故なんて突然なんだもん、昨日まで元気だった子が、いきなり死んじゃうんだから」

「うん……」

「ウチの親だったら、ショックで死んじゃうかも」

「ウチも……そうかもしれない」

しんみりしてしまった空気を振り払うように、エリカは「まあ、でも、ほんと、このゴミ、なんとかしなきゃダメだよね」と話を変えた。お地蔵さまの後ろに手を伸ばし、拾い忘れていたタバコの吸い殻を手に取って、「あれっ？」と不思議そうな声を出した。

「どうしたの？」

「うん、いま……キラッと光ったようなものがあったんだけど」

「どこ？」

「……あった、これだ」

お地蔵さまのすぐ後ろの足元に、ガラスの破片があった。

分厚くて、まるい形——星のかけらと同じだった。

「偶然だよね……」

エリカは手のひらに載せたガラスの破片をぼくに見せて、自分自身に言い聞かせるような口調で言った。

「だってほら、歩道橋ができて歩行者は安全になっても、ここが『魔の交差点』だっていうのは変わらないんだから、やっぱりいまでも車同士の事故は多いよね」

「うん……たぶん」

「で、車のフロントガラスが割れちゃって、破片がたまたまここまで飛んできちゃうって可能性、あり、だよね？」

確かに、そう考えることもできるけど——。

ぼくはスタジャンのポケットから出した星のかけらを、エリカと同じように手のひらに載せた。二つ並べて見ると、大きさも、厚さも、ほんの少し青みがかった色も、見分けがつかないぐらいよく似ている。

「……フロントガラスなんて、だいたいみんな似たようなものなんじゃないの？」

そんなことを言いながら、エリカ自身、自分の言葉にちっとも納得していない。

だから、ガラスの破片をじっと見つめたまま、黙り込んでしまった。

「あのさ、エリカ。透かしてみて、それ」

「はあ？」

「光に透かしたら、なにか見えるかもしれない」

「……言っとくけど、わたし、ユウキの話、信じてるわけじゃないからね」

「いいから、早く」

エリカは怪訝《けげん》な顔のまま、指で挟んだガラスの破片を頭上にかざした。

でも、スロープが邪魔になって光はちっとも当たらない。

「外に出ないと無理だね」

「だったら、歩道橋の上まで行こう」

「ええーっ？」

「だって、もうけっこう暗くなってきてるし、歩道橋の上まで行けば夕陽が見えるだろ」

ほら、早く、とダッシュでスロープの下から出て、そのままの勢いでスロープを駆け上った。

「ちょっと待ってよ!」

エリカはあわてて追いかける。昼休みとは逆になった。もしかしたら、ぼくがエリカに指図してなにかをするのなんて、初めてのことかもしれない。

いや、ほんとうはぼくだって、自分の意志というより、なにかに引っ張られるようにして走っている。

握りしめた星のかけらが、ぼくたちを引っ張っているのかもしれない。

＊

歩道橋のてっぺんまで上って、西の空に沈みかけた夕陽と向き合った。

エリカは「わたしのほうが背が高いんだから」と勝手な理屈をつけて、ガラスの破片を、自分で夕陽にかざした。

オレンジ色に染まったガラスは、断面のでこぼこが光をはじくのだろうか、何カ所もキラキラと光った。

でも、それだけだ。なにも見えない。やっぱり、ただの偶然であそこにあっただけのフロントガラスの破片なのだろうか。

がっかりしていたら、エリカは「意外と裏返しだったりして」と言って、親指と人差し指で挟んだ破片をクルッとひっくり返した。

その瞬間――。

まぶしい。

「きゃっ！」とエリカは短い悲鳴をあげて、ぼくも思わずビクッとたじろいだ。

さっきまでとは違う、まるで夕陽がエリカの指の間にすっぽり入ったような強い光が、ぼくたちの目を突き刺した。

その光が一瞬にして大きく広がり、目の前の風景がまばゆさに呑《の》み込まれて、消えた。

代わりに浮かび上がってきたのは、ゆうべと同じ、フミちゃんの笑顔だった。

両親と手をつないで、楽しそうに笑っている。お母さんもフミちゃんを見つめてうれしそうな笑顔を浮かべているし、お父さんはそんなお母さんとフミちゃんの両方を見つめて、にこにこしている。

星のかけらだ。

それも、ぼくが持っているのとは違う、ホンモノの星のかけら――。

「……ね、ね、ユウキ、これって……なに？　ねえ、なんなの？」

声を震わせて言ったエリカは、「あんたにも見えてるの？　ねえ、見えてるわけ？」と、今度は声を甲高く裏返して訊《き》いた。

「……これなんだ、ゆうべ、オレとマサヤが見たのも」

フミちゃんが、こっちを向いた。フフッといたずらっぽく、仲良しの家族を自慢するみたいに笑った。

ぼくたちがここにいるのを、知っている——？

「やだっ！」

エリカは悲鳴とともに、星のかけらをギュッと握りしめた。

夕陽の光がさえぎられるとフミちゃんと両親の姿も消えて、さっきと変わらない夕暮れの街の風景が広がった。

*

エリカはそのあと何度も星のかけらを夕陽にかざしてみた。でも、もうフミちゃんの姿は浮かんでこなかった。

迷ったすえ、エリカは「勝手に持ち帰ると、だめだよね、やっぱり」と言って、星のかけらをお地蔵さまの後ろの足元に戻した。

「わたし、よけいなことしちゃったのかなあ……怒ってるのかなあ……」

「そんなことないよ」

だって、ぼくたちを振り向いたフミちゃんは、笑っていたのだから。

エリカが見せてくれた家族団らんの光景は、幸せいっぱいだったのだから。

「で、いまの子、ほんとうにゆうべの……」

「うん、フミちゃんだった」

「ってことは、あそこで死んだ永瀬文ちゃんが、フミちゃんってこと?」

「だと思うけど……」

永瀬文ちゃんの写真があれば、話は簡単なのだ。あの子がぼくたちの学校に通っていたら、入学式の写真やクラスの集合写真が学校に残っているだろう。でも、東ヶ丘二丁目は、学区外だ。

「東ヶ丘二丁目だと、学校はどこになるんだっけ。東ヶ丘小ってあったかなあ」

つぶやいて、ふと思いだした。

マサヤの家は、東ヶ丘二丁目だった——。

# 第三章

塾に来たマサヤに昨日のできごとを話してみた。

マサヤは何度も「マジ?」と驚いた顔で聞き返して、最後に「信じらんねえーっ」と声をあげた。

「でも、ほんと、ほんとなんだってば」

証人もいる。エリカは「わたしも一緒に説明したほうがいいんだったら、いつでも電話して。ダッシュで塾まで行くから」と、いまごろ家でじりじりしながら、ぼくの連絡を待っているはずだ。

「もしアレだったら、ウチのクラスの女子も一緒に見てるから、そいつに電話してもいいけど……」

マサヤは「そんなの、しなくていいよ」と少し怒った声で答えた。「信じてるから、信じらんねえーっ、なんだよ」

「……どういうこと？」

「ナガセ・フミって、どんな字を書くんだ？」

ノートとペンを渡された。「永瀬文」と書いて返すと、その字をじっと見つめて、

「ほんとに東ヶ丘二丁目だったんだな？」と念を押した。事故が六年前だったこと
と、永瀬文ちゃんが小学二年生だったことも、同じようにあらためて確認した。

そして、シャープペンシルを手にとって「永瀬文」を○で囲みながら言った。

「ひょっとしたら、この子、ウチのアニキの同級生かもしれない」

あ、そうか、と気づいた。

マサヤのお兄さんは、中学二年生——六年前は小学二年生だった。

「だったら、写真とか持ってるんじゃない？」

勢い込んで訊くと、マサヤは「あわてるなよ」と怒った声で言って、「永瀬文」

を囲んだ○をグリグリと何重にもかさねながらつづけた。

「ユウキ、おまえ明日は時間ある？」

「……うん」

「学校が終わったら、オレんちに来いよ。アニキに会わせてやるっていうか……アニキに、その話をしてやってくれよ」

急に言われて戸惑うぼくに、マサヤは「オレがしゃべっても、信じてくれないと思うし」とつまらなさそうに笑った。手に持ったシャープペンシルは、まだ「永瀬文」を○で囲みつづけていた。

＊

「で、待ち合わせは何時にどこなの？」

エリカはぼくの話が終わると、すぐさま訊いてきた。

翌朝――学校に登校するときのことだ。

「エリカも来るの？」

「当然じゃない。わたしだって目撃者なんだから行く権利あるでしょ」

「いや、でも……」

「わたしと二人で星のかけらを見つけたことは、もうしゃべってるんだよね。じゃあわたしがいてもいいし、いないほうが不自然だと思わない？」

予想どおり、というより、覚悟していたとおりの反応だった。

あとはユウキに任せるからよろしく、では気がすまない。マサヤのお兄さんはもちろん、マサヤと会うことだって初めてなのに、「そんなの関係ない」ときっぱりと言い切る。

「目撃者の話は一人より二人のほうがいいに決まってるんだから、わたしも一緒に行ったほうがマサヤくんもお兄さんも喜ぶよ、絶対に」

エリカとマサヤって似てるよな、といつも思う。

ぼくは違う。なにをやっても、こんなふうに自信たっぷりに強気にはなれない。

正直に言って、エリカが一緒に来ることになって助かった、とも思っている。

マサヤのお兄さんに会うのが、なんとなく怖い。

ゆうべ、マサヤが決めた待ち合わせの時間は夕方四時だった。小学六年生のぼくたちはともかく、中学二年生のお兄さんにはちょっと早すぎる時間じゃないかと思ったので、「そんな時間に帰ってるの?」と訊いてみた。

すると、マサヤは「永瀬文」を囲んだ○の外に花びらをつけながら、そっけなく言ったのだ。

「だいじょうぶだよ、アニキはずーっと家にいるから」

「学校、休んでるの？」

「行ってないんだ、全然。一年生の終わり頃から」

マサヤはつづけて、もっとそっけなく、面倒くさそうに、言った。

「フミちゃんとオレらが出会った理由、一発逆転でわかったかもしれない……」

シャープペンシルの先でツンツンとつついたのは、花びら付きの○で囲まれた「永瀬文」だったのだ。

＊

学校が終わると急いで家に帰り、自転車に乗って、エリカと二人で『魔の交差点』に向かった。話だけでは信じてもらえないかもしれないので、星のかけらを持って行こう、と二人で決めたのだ。

エリカの自転車は、ほかの女子みたいなママチャリではなく、男子の自転車と同じようにハンドルが直線で、タイヤも大きい。スポーツサイクルというやつだ。両手をピンと伸ばしてハンドルを握る姿は、学校で会っているときよりさらにオトナっぽく見える。キュロットスカートを穿《は》いたおしりは、おばさんほど大きくなく、でも、男子ほどゴツゴツもしてなくて、くだものみたいにまるくて、小さくて……。

思わず、うつむいてしまった。そんなの見ちゃだめだバカ、と自分を叱《しか》った。エリカの後ろにいるからだめなんだと思って、追い抜いて前に出たかった。必死でダッシュすれば簡単なことなのに、よし行こう、とペダルを強く踏み込むきっかけがつかめない。

友だちと自転車に乗ってどこかに出かけるときは、必ずそうだ。ぼくが先頭に立って走ることは一度もない。ぼくはいつも誰かのあとにくっついて、遅れまいとしてがんばって自転車を漕《こ》いで、でも、その勢いで先頭に立ってしまうのがイヤで……というより、なんとなく怖くて……なんで怖いのか、自分でもよくわからないんだけど……。

＊

『魔の交差点』のお地蔵さまは、おとといと同じように、ぽつんと、寂しそうに立っていた。せっかくエリカと二人で掃除したのに、お地蔵さまの足元にはジュース

のペットボトルが転がっていて、蓋《ふた》をしていないボトルの口はアリがたかって真っ黒だった。

「わたし、ときどき思うんだよね。ウチの町って、ニュータウンで、けっこう土地の値段とか高いじゃん。都心に出るのも便利だし、そこそこ緑もあるし」

「うん……」

「だから、不動産屋さん的には『いい町』だと思うんだけど、こういう非常識なゴミとか見てると、なんか、人間としてすごく大事なところで『サイテーの町』なんじゃないか、って……たまに思っちゃうんだよね」

わかる気もする。

「いくら六年前の話でも、ここで小学生の女の子が死んだわけじゃない。で、こんな悲劇は繰り返さないようにっていう祈りをこめてお地蔵さまをつくったんでしょう？　忘れちゃだめだよ、こういうのは。絶対に忘れちゃだめなんだと思う」

ほんと、サイテー、とエリカはぶつくさ言いながらお地蔵さまの後ろに回って、星のかけらを拾い上げた。

歩道橋の外に出て、おとといと同じように歩道橋のてっぺんに上って、星のかけらを頭上にかかげて――「あれ?」と首をひねる。

なにも見えない、という。星のかけらは、ただのフロントガラスの破片になっている、という。

「だってほら、ユウキも見てみてよ」

エリカに渡された星のかけらを空に透かした。

「どう?」

「……見えないな、なにも」

「でしょ?」

向きや角度を変えて何度も試してみたけど、結果は同じだった。おとといよりも雲が多い空が、ガラスの向こうに広がっているだけ。

「夕陽がおとといより弱いせいかなあ。ユウキはなんでだと思う?」

「わかんないよ、そんなの」

「勝手に持ち歩かないで、っていうことなのかなあ。あと、マサヤくんのお兄さんに見られたくないとか、マサヤくんにしゃべったことを怒ってるとか……」

全部あてはまりそうな気がする。

でも、おとといのフミちゃんの笑顔を思いだすと、そんなはずはないだろう、とも思う。あんがい、フミちゃんはその後のぼくたちの考えや行動はすべてお見通しで、いまは、ぼくたちがどこまで本気なのかを試しているのかもしれない。

ぼくはまた星のかけらを目の高さに掲げ、雲の隙間《すきま》から覗《のぞ》く夕陽に透かしてみた。あいかわらずガラスは透き通ったままだったけど、やるしかないんだ、と自分に言い聞かせて、エリカを振り向いた。

「とにかく行こう」

エリカも、黙って、こっくりとうなずいた。

＊

住所のメモを頼りに訪ねたマサヤの家は、コンクリート打ち放しのおしゃれな一戸建てだった。

「マサヤくんって、小学校から私立なんでしょ。すごいね、お金持ちで頭がよくて、サイコーじゃん」

エリカは玄関前で髪を指でとかしながら言った。

「顔もカッコいいの？」

「……わりと」

「アイドルでいったら、誰に似てる？」

「知らないよ、そんなの。チャイム押すぞ」

「あ、だめ、まだ……」

　髪をとかしたあとも、ブラウスの襟を整えたりソックスの長さをそろえたり、と忙しい。「マサヤくんの学校ってK大附属でしょ、男子校だよね」「背はどうなの？　ユウキより高いの？」「おんなじくらいかあ……でも、男子って背が伸びるのっていまからだもんね」と、口のほうも休みなく動きつづける。

　緊張してるんだな、とぼくにはわかる。長い付き合いだ。エリカは緊張するとおしゃべりになって、陽気にもなって、あと、まばたきの回数が多くなる。

「もういい？　押すぞ、四時すぎてるし」

「あ、もうちょっと、一瞬だけ待って」

　きりがない。家にあがるのが遅くなると、それだけ帰るのも遅くなるし、『魔の交差点』からここに来るまでのほんの十分たらずのうちに、空模様は急にあやしくなってきた。歩道橋のてっぺんにいたときにはなんとか見えていた夕陽も、いまはもう分厚い雲に隠れてしまった。今夜は雨になるのかもしれない。

「もういいだろ、押すぞ」

「えーっ？」

「だめだよ、もう」

チャイムのボタンに手を伸ばしたとき、玄関のドアが内側から開いて、マサヤが顔を出した。

「うるさいよ、近所迷惑」

ぼくを軽くにらみ、エリカを連れてきたことを説明するのをさえぎって、「わかってるよ」と言った。「なんとなく一緒に来るんじゃないかって思ってたから」

エリカもそれで緊張がほぐれたのか、「ほら、わたしの言ったとおりだったでしょ」とぼくの肩をつつき、マサヤに向き直って、挨拶《あいさつ》をした。

「ユウキの友だちになってくれて、ありがと」

マサヤはちょっと照れくさそうに笑って、「なんか、アネキみたいな言い方じゃん」と言った。

「アネキだもん、半分」

エリカはすまし顔で言う。

勝手なこと言うなよ、とムッとしたけど、打ち消せないところが悔しい。

それに、初対面の二人が予想以上にすんなりと話しているのが……もちろん、それはすごくいいことで、ぼくも間に立たずにすんで助かったと思っているけど、でもやっぱり、悔しくて、寂しくて……あまり、面白くなくて……。

「ま、あがれよ」

マサヤは言った。「アニキも待ってるから」とエリカに声をかけて、「女子と会うのなんて、ひさしぶりだし」と笑った。

「ねえ、マサヤくん。いいの？　わたしまでお兄さんに会っても」

「だって、そのつもりで来たんだろ？」

「それはそうだけど……」

「だいじょうぶだよ。アニキは他人がいるときには暴れないから」

マサヤは先に立って家にあがり、思わず顔を見合わせたぼくとエリカに背中を向けたまま、「さ、どーぞ」と言った。

通されたのは、玄関を入ってすぐのところにある広い応接間だった。家具のことなんてまるっきりわからないけど、打ち放しのコンクリートに合わせてモノトーンでそろえたソファーやサイドボードは見るからに高級そうで、間接照明に照らされた部屋はぼくの感覚ではちょっと暗すぎるけど、たぶん、その薄暗さがおしゃれなのだろう。

＊

「じゃ、ここで待ってろよ。アニキ連れてくるから」

マサヤが部屋を出たあと、ソファーに座ったぼくとエリカはまた顔を見合わせた。

「ほんとにお金持ちなんだね、マサヤくんちって。モデルルームとかインテリア雑誌のグラビアみたいだもん」

エリカは部屋を眺め回しながら小声で言って、「お父さんやお母さんってお医者さんとか弁護士さんとか？」と訊《き》いてきた。

「知らないんだ、オレ、あいつの家のこと」

「だって友だちでしょ？」

「うん、でも……マサヤって、自分のことなにもしゃべらないし……」

エリカはあきれ顔でため息をついて、「ま、オバサンみたいなヤジウマ根性出してもしょうがないんだけど」と苦笑交じりに、あらためて部屋を眺めた。

「すごいお金持ちだと思うけど……意外と寂しい家庭なんじゃないかな、ここ」

勘だけどね、と付け加えて、それだけではまだ足りないと思ったのか、「失礼なこと言ってるなあ、わたしって」と笑う。

でも、エリカの感じたことは、ぼくもわかる。この応接間だけじゃなくて、家ぜんたいが、静かで、ひんやりとしていて、ひとが生活している温《ぬく》もりやにぎわいがほとんど感じられない。まるで、きちんとメンテナンスされた空き家に入ってしまったみたいだ。

ぼくはスタジャンのポケットから星のかけらを取り出して、テーブルに置いた。黒い天板の上のガラスは、間接照明の明かりをほんの少しだけ浴びて、鈍く光っている。

「どう？　やっぱり、なにも見えない？」

うん……と、うなずいたとき、ドアが開いて、マサヤが入ってきた。「お待たせ」

とぼくたちに声をかけて、ドアの外を振り返り、「ほら、アニキ、早く」と廊下にいるお兄さんを呼んだ。

ゆっくりと、黙って、人影が部屋に入ってくる。

予想していたより、まともな風貌《ふうぼう》のひとだった。髪はぼさぼさだったけど、病的に太っているわけでも痩《や》せているわけでもないし、服装もパジャマやスウェットではなく、ポロシャツにジーンズというさっぱりしたものだった。

「ウチのアニキ……タカヒロっていうんだ」

マサヤはぼくたちのこともタカヒロさんに紹介してくれた。

「塾の友だちのユウキと、ユウキのカノジョのエリカちゃんだよ」

「カノジョ」の一言をあわてて訂正しようとしたけど、声が出なかった。やだあ、という顔で打ち消しかけたエリカも、口をつぐんだ。

タカヒロさんは戸口にたたずんだまま、ぼくたちを見つめる。そのまなざしの暗さに、ぼくもエリカも身がすくんでしまったのだ。

タカヒロさんは、ぼくとエリカの正面に座った。自分の部屋から応接間に来て、ソファーに腰をおろす——ほんのそれだけのことなのに、ふーう、と一仕事終えたような深いため息をついた。

「寝起きなんだ、アニキ」

マサヤはそう言って、タカヒロさんとぼくたちを斜めにつなぐ格好で、一人掛けのソファーに座った。

「昼寝してたんですか？」

エリカが訊いた。たとえ初対面の相手でも、気になったことは質問せずにはいられない性格なのだ。

うつむいてしまったタカヒロさんに代わって、マサヤが答えた。

「昼寝ってわけじゃないけど、すぐに眠くなるんだ。緊張したときとか、困ったときとか……一瞬で寝ちゃうんだ、ほんと」

「そういう病気なの？」

「病気かどうかは知らないけど、寝るんだ」

「現実から逃げちゃうって感じ？」

エリカの質問は、こっちがハラハラするほどまっすぐだ。言葉もはっきりしすぎてキツい。

マサヤは、まいったな、というふうに苦笑した。

「エリカちゃんって、新聞記者とかニュースキャスターになりたいんじゃない？」

ずばり、正解――『将来の夢』の作文には、必ずそう書いている。

でも、エリカは照れたそぶりも見せずに「『ちゃん』は付けないで」と言った。

これもいつものことだ。子どもっぽく扱われるのが大嫌いで、知りたいことをテキトーな言葉でごまかされるのはもっと大嫌いなのだ、エリカは。

マサヤはまた苦笑いを浮かべて、話を元に戻した。

「星のかけらのことは、寝る前にアニキに説明してるから。覚えてるよね、アニキも」

タカヒロさんはうつむいたまま、小さくうなずいた。

「持ってきたよ」

エリカはテーブルの上の星のかけらを指差した。

すると――。

タカヒロさんは様子が変わった。デジカメでいうなら、ぼうっとしていたピントが一瞬にして合った。顔はうつむいたままでも、もう寝起きのぼんやりした疲れは消えていた。

ぼくたち四人の視線を浴びた星のかけらは、プリズムのように間接照明の光をテーブルの天板に映す。黒い天板に、虹《にじ》ができている。水滴みたいに小さな、でも、鮮やかな色の虹だった。

「バイパスの『魔の交差点』のお地蔵さまから、借りてきたの」

エリカの言葉を引き取って、「今日はなにも見えなかったけど」と付け加えようとしたら、タカヒロさんが初めて口を開いた。

「……『魔の交差点』って?」

「ショッピングセンターの前の交差点のことです。六年前に永瀬文ちゃんが交通事故で亡《な》くなった場所」

「いま、そんな名前になってるのか、あそこ」

「わたしたちが勝手に呼んでるだけです。そのあとも事故が多かったから、自然とそんな名前になっちゃって」

「お地蔵さまなんて、あったっけ」

「ありますよ。いつからあるのかは知らないけど、でも、あるんです」

エリカが「行ったことないんですか?」と訊くと、タカヒロさんはそれには答えず、星のかけらに手を伸ばした。慎重に……というより、おそるおそる、星のかけらをつまみ上げて、部屋の明かりにかざした。

なにも見えない。

光を当てる角度や下から覗《のぞ》き込む角度をいろいろ変えてみても、だめ。

がっかりしたのは、タカヒロさんよりもむしろマサヤのほうだった。黙って首をかしげるタカヒロさんに何度も「見える?」と訊いて、タカヒロさんが「なにも……」とつぶやくと、話が違うじゃないか、と言いたげにぼくを見た。

「今日はだめなんだよ。オレたちが見たときも、全然だめだったんだ」

あわてて言うと、マサヤは「別のと間違えて持ってきたんじゃないのか?」と怒った声で言った。

「そんなことない」エリカが怒り返した。「お地蔵さまのまわりにあったのって、これだけだもん」

「じゃあ、なんでなにも見えないんだよ」

「知らないわよ、そんなの」

「おとといは見えたのに今日は見えないなんて、おかしいじゃんよ」

「毎日見えるなんて決まってないでしょ。マサヤくんが勝手に思い込んでるだけかもしれないじゃん」

こういうときのエリカは、ほんとうに強い。自分が間違っていないという信念があるときには、絶対に譲らない。マサヤもムスッとした顔で「『くん』なんて、いらねーよ」と、さっきのお返しをするのが精一杯だった。

そんな二人をよそに、タカヒロさんは頭上にかざした星のかけらをじっと見つめていた。時間をかけても、やっぱりなにも見えない。フミちゃんの姿はどこにもなく、星のかけらはガラスのまま、明かりをはじいているだけだった。

でも、タカヒロさんの表情に落胆した様子はない。あきらめた顔もしていないし、かといって、早くフミちゃんの姿を見たくてあせっている感じでもない。ただ、じっと、なにかを考え込むように、星のかけらを見つめている。

暗いまなざしだった。応接間に入ってきたときから、それは変わらない。でも、タカヒロさんの横顔を見ていると、暗さだけではなく、もっと深い思いも伝わってきた。

悲しいまなざしだ。

タカヒロさんは、悲しみに満ちた目で、星のかけらを見つめている。それも、目の前に悲しいことがあるのではなくて、悲しい記憶をたどっているように、ゆっくりと息をして、時間をかけてまばたいて……最後に星のかけらから目をそらしてうつむくと、ため息も、一緒に漏れた。

「アニキ」

マサヤが声をかけた。エリカと言い合いをしていたときとは違う、不安でかすかに震えた声だった。

「アニキ……コーヒーかなにか飲む？」

タカヒロさんはなにも応《こた》えず、星のかけらをテーブルに置いた。横顔から感情が消えた。ひときわ暗くなったまなざしからも悲しみが消えて、かわりにどんよりとした疲れがにじんだ。

「ちょっと、アニキ、だいじょうぶ？」

心配そうに顔を覗き込んだマサヤが「部屋に行って休む？」とつづけて訊くと、タカヒロさんは「眠い……」とか細い声でつぶやいて、そのまま、ソファーに倒れ込んでしまった。

*

「よくあるんだよ。だから、心配しなくていいから」

別の部屋から持ってきた毛布をタカヒロさんに掛けながら、マサヤは言った。

「気を失うっていう感じなの？」

タカヒロさんの寝顔を覗き込んでエリカが訊くと、「じろじろ見るなよ」と一言釘《くぎ》を刺して、「眠っちゃうんだよ、とにかく」と答える。

「なんで？」

エリカは好奇心を隠さない。どこまでもストレート、直球勝負——中学に入ったら先輩たちに目をつけられちゃうんじゃないかと、ときどき心配になるほどだ。

マサヤも、まいったな、という顔で苦笑して、タカヒロさんがぐっすり寝入っているのを確かめてから、「オレの部屋に行こうか」と言った。

「お兄さん、このままでいいの？」

「ああ……ちょっとやそっとじゃ起きないから」

「だったら、ここでいいんじゃない？」

「起きたときがヤバいんだよ。めちゃくちゃ機嫌悪くなってるし、キレやすくなってるから……マジ、ヤバいんだ、アニキのそばにいると」

エリカは、やだあ、と笑ったけど、マサヤの顔が真剣だったので、すぐに笑いを引っ込めて、「わかった」と立ち上がった。

ぼくもワンテンポ遅れて腰を浮かせた。タカヒロさんはテーブルの上の星のかけらと向かい合う格好で横になっている。目をかたくつぶって、苦しそうに眉間《みけん》にシワを寄せていた。

「行こうぜ、ユウキ」

マサヤはぼくの肩を軽く叩《たた》いて、先に応接間を出たエリカの隙《すき》をつくように、耳元でささやいた。

「おまえって、意外と、気の強いオンナが好み？」

思わず顔を赤くして打ち消そうとしたら、「いいっていいって」といたずらっぽく笑う。やっと、いつものマサヤの笑顔になった。

＊

マサヤの部屋は二階だった。ぼくの部屋よりだいぶ広くて、なによりオトナっぽい。

机もぼくのような学習デスクではないし、本棚にはマンガなんて一冊も並んでいないし、壁に貼《は》ったポスターも、ぼくの部屋はマンガやアニメやアイドルだらけなのに、マサヤの部屋は本格的な世界地図が一枚だけ。部屋に自分専用のパソコンを持っているのは知っていたけど、ソファーまであるとは思わなかった。

飲み物を取りにマサヤが一階に下りると、ソファーに座ったエリカは部屋をあらためて見回して、「同じ六年生とは思えないね……」とつぶやいた。

ぼくはベッドの縁に腰かけて、「でも、私立だったらみんなこんな感じかもよ」と言った。毎日電車やバスで通学している私立の子は、低学年でも新宿や渋谷に平気で遊びに行くんだと、マサヤはいつか言っていた。

「だいじょうぶ？　ユウキ」

「なにが？」

「だって、私立の中学に入ったら、小学校から上がってくる子と一緒になるでしょ。青葉台学院だったら、幼稚園からエスカレーターの子もいるじゃん」

「うん……」

「みんなしっかりしてるから、性格もキツいかもしれないし、いじめだってハンパじゃないかもしれないよ」

ヤノの顔が浮かんだ。

あいつが青葉台学院に来て、あいつよりもっと性格の悪いヤツらまで待ちかまえていたら……。

「ユウキが西中に来るんだったら、わたしが守ってあげるんだけどね」

エリカは私立を受験しない。地元の公立の西中学に進むことに決めている。だって、受験しないでも行けるんだから、わざわざ私立に行くことないじゃん――それはそうなんだ、確かに。

でも、青葉台学院の大学には宇宙航空学部がある。ぼくは将来、できれば宇宙飛行士に、それが無理でも宇宙にかかわる仕事に就きたいと思っている。その夢をかなえるためには、やっぱり受験勉強をがんばって青葉台学院に入りたい。

だけど、もしもそこにヤノがいたら……もっとヤバいヤツらもいたら……どうしよう……。

「あ、ごめんごめん、また、落ち込んじゃった？」

エリカは幼い子どもをからかうように言って、「ユウキってさ、ほんとにすぐ落ち込んじゃって、悩んじゃうんだよね」と笑う。

うるさいなあ、と言い返そうとしたとき、マサヤが戻ってきた。手には、きれいな緑色の瓶に入ったペリエが三本。エリカは「うわっ、すごい、おしゃれっ」と声をはずませた。

やっぱり、こういうところが私立だから、なのだろうか。ぼくはほんとうに青葉台学院に行って、みんなとうまくやっていけるのだろうか……。

いや、いまはそんなことを考えてる場合じゃない。

タカヒロさんと、星のかけらのこと――。

ペリエを一口飲んだ。プチプチした炭酸が、喉《のど》をひっかいて、おなかに滑り落ちていった。

マサヤはタカヒロさんの眠りを「ブレーカーが落ちる」というたとえ話で説明し

た。電気を使いすぎると配電盤のブレーカーが落ちて停電するように、タカヒロさんも自分の心で処理しきれない問題に出くわしたら、心そのものを閉ざして、眠ってしまう。

「じゃあ、いまは、どんなことが処理できなくなっちゃったの？」

エリカが訊くと、マサヤは少し考えてから、「悲しかったんだよ」と言った。「フミちゃんのことを思いだして、悲しくて悲しくてしょうがなかったんだよ、たぶん」

「なんで？」

「……これ」

マサヤは机の引き出しから一枚の写真を取り出して、ぼくとエリカに見せた。

大判の集合写真――縁のところに〈東ヶ丘小学校一年二組入学記念〉とある。

入学式のあとでクラスごとに体育館に集まって撮影したのだという。写真の上には半透明のトレーシングペーパーがかかっていて、そこに一人ひとりの名前が書いてある。これはお母さんの手作りらしい。

マサヤはトレーシングペーパーをめくって言った。

「アニキは、ここだよ」

指差したのは、最前列にいる校長先生の斜め後ろの男の子だった。もう七年も前の写真だけど、確かにいまのタカヒロさんの面影はある。

「それで……」

またトレーシングペーパーをかける。「オレも昨日見つけたんだけど」とつぶやくように言って、「ここだ、ここ」と指差した。

そこには、〈永瀬文〉と書いてある。

「この子だよ」

トレーシングペーパーをめくる。〈永瀬文〉は、最前列のいちばん端、椅子《いす》に座った女の子だった。それを見た瞬間、ぼくは思わず写真から顔を上げて、マサヤを見つめた。

マサヤも、わかってるよ、というふうに黙ってうなずき、エリカのほうを向いて「オレとユウキは、この子に会ったんだ」と言った。「写真のほうがちょっとガキっぽいけど……でも、この子だよな？」

そう――。

間違いない。

永瀬文ちゃんは、やっぱり、フミちゃんだった。

「エリカちゃんがおとといユウキと二人で見たのも、この子だろ?」

「ちゃん」付けされたことを怒るのも忘れて、エリカは小さくうなずいた。

マサヤはぼくとエリカを交互に見て、「オレ、いままで名前を知らなかったんだ」と言った。「アニキがあんなになっちゃった原因が同級生ってことまでは、なんとなくわかってたけど、それ以上は、アニキも、親父《おやじ》やおふくろも、絶対に教えてくれなかったから」

「家族のタブーだった、ってこと?」

エリカはほんとうに、ずけずけと質問する。

マサヤも一瞬あきれ顔になって、まあな、とうなずいた。

「でも、秘密にしてることなんて、どこのウチでもあると思うけどな。家族の一人にだけ教えないこととか、逆に、家族の一人だけの胸にしまってることとか」

マサヤの目が、ぼくに向く。おまえだってそうだろ、と言われたような気がした。

エリカもぼくを見て、なにか言いたそうな顔になったけど、まあいいか、と話をタカヒロさんのことに戻した。

「つまり、フミちゃんが亡《な》くなったとき、お兄さんはフミちゃんと同じクラスだったってこと?」

「そう。二年二組。アニキはクラスのみんなとお通夜《つや》とかお葬式にも出てるんだと思う」

そういう光景は、テレビのワイドショーで何度も観《み》たことがある。事件や事故で亡くなった子のお葬式に、学校や幼稚園や保育園の友だちが先生に引率されて参列する場面だ。ぼくにはそんな体験はない。でも、こういうときにテレビの画面が浮かんでしまうのは、自分でも、なんだかすごくイヤだ。

「じゃあ、さっきお兄さんはそのときのことを思いだして、悲しくなっちゃったわけ?」

エリカはそう言って、自分の推理を自分で打ち消すように「でも、六年前の悲しみがよみがえったぐらいで、心のブレーカーが落ちちゃったりするのかなあ」とつぶやいた。

すると、マサヤはその疑問を認めるように「だよな」とうなずいた。「ふつうの同級生だったら、そんなことにはならないよ」

「じゃあ、なんで？」

「アニキって、もともと心が細いっていうか、折れやすいっていうか、プレッシャーに弱いところがあって、それで小学校でも中学校でも私立の受験に失敗しちゃってるし、オレはよく知らないけど、いじめられてた頃もあったみたいなんだ」

エリカの目が、またぼくに向く。

でも、寄り道を断ち切るように、すぐにマサヤはつづけた。

「アニキ、フミちゃんが死んだのは自分のせいだと思ってるんだ……」

＊

タカヒロさんとフミちゃんは、ケンカばかりする仲良しだった。顔を合わせると、すぐに悪口を言ったり、あっかんべえをしたり、いたずらをしたりされたりして、追いかけたり追いかけられたり……でも、仲良し。

「一年生の頃って、そんな感じだろ？　男子と女子がごっちゃになって遊んでて、すぐにケンカになるくせに、なんか知らないけど一緒にくっついて遊んでるの」

わかる。一年生の頃のぼくとエリカも、そんな感じだった。エリカはあの頃から気が強かったけど、ぼくだって、いまより少しはワンパクだったのだ。

「オレはその頃まだ幼稚園だったから、ナガセ・フミっていう名前、聞いてたかもしれないけど、覚えてないんだ。でも、とにかくアニキと同じクラスに、アニキとケンカばっかりしてる女子がいて、アニキもウチで悪口ばっかり言ってるんだけど……ほんとはその子のことが好きなんだな、って思ってた」

初恋の子だったのかもしれない。

そんなフミちゃんが、ある日突然、事故で亡くなった。

しかも——。

「フミちゃんが事故に遭った日も、いつものノリで言っちゃったんだって、アニキ……おまえなんか死んじゃえ、って……」

フミちゃんもいつものように、あっかんべえをして走って帰った。

それが、ケンカしながら仲良しだった二人の、永遠の別れになってしまった。

話が途切れた。

マサヤは黙ってペリエを飲み、ぼくは黙って写真の中のフミちゃんを見つめ、そしてエリカはしょんぼりとうなだれて、フローリングの床を見つめた。

沈黙を破ったのは、エリカだった。

「でもさ、ねえ……そんなの関係ないじゃん、べつにお兄さんが言ったから事故に遭ったわけじゃないんだし、ほんとのほんとに偶然なんだから、そんなの気にする必要ないじゃん……」

「そうだよ」

マサヤは言った。「理屈では、ほんとうにそうだよ」と念を押して、「でも……」とつづけた。

「ひとの心って、理屈できれいに割り切れるほど強くないし、冷たくもないんだと思う」

エリカは、なにも言い返せなかった。

ぼくも黙ってペリエを一口飲んだ。炭酸の泡の勢いが、さっきまでよりキツくなったように感じられた。

「アニキも落ち込んでたわけじゃないんだ」

マサヤはそう言って、「でも、フミちゃんに『死んじゃえ』って言ったこと、三年生になっても、四年生になっても、ずーっと誰にもしゃべってなかったんだ」と付け加えた。

　心の奥にしまいこんだ秘密だったのだろう。

「べつにそれを打ち明けたからって、誰からも叱《しか》られなかったと思うんだけどさ」

　マサヤは笑いながら言った。でも、エリカもぼくも笑い返せない。ぼくは、タカヒロさんが眠ってしまう前——なにも映し出さない星のかけらをじっと見つめていたときの暗い目を思いだしていた。きっと、エリカも同じだろう。

「アニキはずーっと平気だったんだよ、ほんと。フミちゃんの話なんて全然しなかったし、オレなんかガキだったから、交通事故で死んじゃった子がアニキの同級生にいたことすら忘れてたんだ」

　でも、秘密というものは、どんなに奥深くにしまいこんでいても、消え去ってしまうわけではない。

　それは、いつか、不意に、よみがえってくる——。

　タカヒロさんの場合は、小学校の卒業式の日だった。

「東ヶ丘小の卒業式って、一人ずつステージに上がって卒業証書をもらうんだ。オレもおふくろと一緒に保護者席に座って見てたんだけど、アニキ、かなり緊張してさ、だいじょうぶかなあって思ってたんだ」

タカヒロさんは体育館のステージに上がって、校長先生から卒業証書を受け取った。そこまではうまくいっていた。ところが、回れ右をして保護者席のほうを向いたとき――。

「フミちゃんに会ったんだよ、アニキ」

正確には、フミちゃんの写真だった。

椅子を並べた保護者席のいちばん後ろに、クラス別に集まったみんなからぽつんと離れて、フミちゃんの両親が座っていた。お母さんは白いハンカチを目にあてて、お父さんは額に入れたフミちゃんの写真を膝《ひざ》に載せていた。

「その意味、わかる？」

マサヤはぼくたちに訊《き》いた。ぼくは黙ってうなずいただけだったけど、エリカは小さな声で「せめて卒業式に参加させてあげたかったんだ、フミちゃんのこと……」と言った。

「優しいよな、お父さんもお母さんも」

「……そうね」

「でも、アニキにとってはショックだよな。だって、写真の中のフミちゃんは、二年生のままなんだから」

忘れかけていた記憶が、不意によみがえった。心の奥にしまいこんでいた秘密を、いきなり目の前に突き出された。

そうでなくても緊張しきっていたタカヒロさんは、思いがけないフミちゃんとの再会に動揺して、混乱して、どうしていいかわからなくなって……。

「ステージの上で、アニキ、ぶっ倒れちゃったんだ」

# 第四章

マサヤの家を出ると、ぼくもエリカも黙って自転車を走らせた。

まだ夕方の五時前だったけど、マサヤの家にいた間に空はいっそう暗くなっていた。雨が近い。センサー付きの街灯も、ふだんよりずっと早いうちから灯《とも》っている。

行きと同じようにエリカが前を走る。でも、エリカがペダルを踏み込むテンポは行きよりもずっと遅く、力も入っていない。スピードを調整しながらあとについて走っていたら、エリカは前を向いたまま「なにやってんのよ」と言った。「後ろにくっつかないでよ、ストーカーみたいじゃん」

ムッとしたけど、ぼくは黙ってペダルを強く踏んで、一気にエリカの前に出た。

エリカは悲しいときには不機嫌になってしまうタイプだ。一方、ぼくは悲しいときにはそのまま素直に落ち込んでしまうタイプで、そんなぼくを見るとエリカがますます不機嫌になるのもわかるから——ぼくは「まいっちゃったよなあ……」と、わざとのんびりした声で言った。

「なにが?」

「フミちゃんとタカヒロさんのこと。まいっちゃうよ、なんか、ウソみたいじゃん」

エリカは黙ったままだったけど、ぼくはかまわず話をつづけた。

「祟《たた》りとか呪《のろ》いとか、そういうヤツなのかなあ」

自分でも、ひやひやしながらしゃべっている。でも、オカルトやホラーの好きな友だちなら、そんなふうに言うかもしれない。

卒業式で倒れたタカヒロさんは、高い熱を出して何日も寝込んだのだという。うわごとで、ずっと「ごめんなさい……ごめんなさい……」と繰り返していたらしい。

中学に入学してからも、すぐに熱を出したり、朝になると頭やおなかが痛くなったりして、学校を休みがちになった。しだいに出席より欠席の日のほうが増えてきて、なんとか二年生に進級はしたものの、今年は新学期の始業式からまだ一日も学校に行っていない。

「エリカはエクソシストって知ってる？　人間にとりついた悪魔を追い出すの。昔、映画にもなったんだけど、そういうのしてもらったほうがよかったりして」

薄気味悪さを振りはらいたくて、ハハッと笑った。

すると――。

「笑うような話じゃないでしょ」

エリカはぴしゃりと言って、「ユウキってサイテー」と切り捨てた。

ぼくはうつむいて、自転車のハンドルをぎゅっと握りしめた。

わかってる。

自転車のスピードが落ちた。ペダルを力を込めて踏めなくなった。

「ちょっとぉ、もっと速く走ってよ。ぶつかるじゃん」

「エリカが先に行けよ」

「っていうか、あんたのあとに付いていってるわけじゃないから。わたし、行きたいところあるもん」

「オレも行きたいところあるんだよ。だから、勝手に行くから」

「わたしも勝手に行く」

ケンカみたいな口調で言い合いながら、ぼくたちは同じ交差点を同じように右折して、次の交差点でも同じように左折した。

ぼくは『魔の交差点』を目指していた。

そして、エリカも、きっと――。

＊

お地蔵さまのある歩道橋が見えてくると、エリカは意地を張るのをあきらめたように、「やっぱりそうだよね……」とぼくの自転車に並んで言った。「これでまっすぐウチに帰ってテレビ観《み》たりゲームしたりするようなヤツだったら、わたし、ユウキと絶交してた」

オレだってそうだよ、と言いたいのをこらえて、半分照れ隠しで「謝らなきゃいけないし、お地蔵さまに」と言った。

「だよね……」

「あと、星のかけら、もしかしたらまだあるかもしれないし」

「うん……わかる」

さっきの星のかけらは、そのままマサヤの家に置いてきた。「たとえフミちゃんの姿が見えなくても、目が覚めたときに星のかけらがなくなってたら、アニキ、またブレーカーが落ちちゃうから」とマサヤに言われると、断れなかったのだ。

「ねえ、どうせだったらお地蔵さまのまわり、もっときれいに掃除してあげようよ。そうしたら、フミちゃんも喜んでくれると思うし、こっちの願いごとも聞いてくれるかもよ」――ぼくが祟りや呪いと言ったら怒りだしたくせに、そういうことは信じるヤツだ。

「ユウキ、先に行っててよ。わたし、ゴミ袋買ってくるから」

歩道橋までの間にコンビニはなかったけど、Uターンすればショッピングセンターがある。

「夕方だから混んでると思うけどなあ」

「だいじょうぶだよ、そんなの。じゃあ、先に行っててね、よろしくっ」

エリカは自転車に急ブレーキをかけて素早く向きを変えた。

雨が降ったらヤバいだろ、ビニール傘買うお金持ってるのか……と訊く前に、自転車は見る間に遠ざかっていった。

ぼくはしかたなく一人で歩道橋に向かう。さっき訪ねたときから一時間ほどしかたっていないのに、お地蔵さまのまわりのゴミはさらに増えていた。棒アイスの袋に、コーヒーの空き缶に、煙草《たばこ》の吸い殻……ほんとうに、エリカの言うとおり、ここは「サイテーの町」なのかもしれない。

しょうがないなあ、と目についたゴミを片づけ、しゃがみ込んで雑草を抜いていたら——。

自転車が倒れる音がした。

驚いて振り向くと、「ユウキくーん」「なにしてんのーっ」と、からかうような笑い声をぶつけられた。

ヤノだ。

子分のヒライとクロダも一緒だった。

「こんなところに自転車停めんなよ、邪魔だから」

ヤノは自分の自転車から降りて、蹴《け》り倒したぼくの自転車を踏みつけた。

やめろよ——。

言いたくても声が出ない。体もすくんで動かない。

「ユウキ、遊ぼうぜ」「遊びだからな、遊び、オレら友だちだし」

ヒライとクロダも、にやにや笑いながら自転車から降りた。

「こんなところで、おまえ、なにやってたんだよ」

ヤノが訊《き》いた。

ぼくは黙ってうつむいた。答えたくない。星のかけらは、ぼくとマサヤとエリカ、三人だけの秘密だ。

「立ちションかあ?」とヒライがからかうように言うと、クロダもガムをクチャクチャ嚙《か》みながら「ウンコかもしれないぜ」とつづけた。二人の声は甲高くて細い。ヤノがそばにいなければ弱っちくて、ただのお調子者で……二人とも、五年生の初めの頃は、ぼくとけっこう仲が良かった。

「おい」

ヤノが一歩、前に踏み出して言った。ヤノの声は低くて太い。もう声変わりしているのかもしれない。背が男子で一番高くて、体つきもがっしりしていて、スポーツも勉強も、ぼくよりできる。

「なにやってたんだよ、言えよ」

さらに一歩、距離が詰まった。ぼくはうつむいたままあとずさってしまう。

「……べつに」

「言えよ」

「……なにもしてない」

「してただろ、バカ」

ヤノが目配せしたのだろう、ヒライは道路に倒れたぼくの自転車を起こして、勝手にまたがった。ペダルを踏み込んで、歩道橋の根元に前輪をぶつける。最初は軽く、でも何度も繰り返して、しだいに強く、ガンガンという音が聞こえるほどになった。

やめろよ――。

心の中では大声あげて叫んでいるのに、口が開かない。喉《のど》もすぼまって、息をするのもやっとだ。

顔を上げると、ヤノと目が合った。怖い顔をしている。でも、にやにや笑ってもいる。ぼくはまた目を伏せる。いつもそうだ。自分でも悔しい。自分でも情けない。

ぼくは、ぼくが嫌いだ。

歩道橋の下を覗《のぞ》き込んだクロダが、「へえ、こんなところにお地蔵さんがあるじゃん」と言って、ガムでフーセンをつくった。

ヤノは意外そうに「マジかよ」と、言った。『魔の交差点』の近所に住んでるくせに、いままでなにも知らなかったようだ。

「おい、ユウキ、おまえお参りしてたのかよ」

ぼくは黙って、くちびるを嚙みしめる。

「お参りして、お祈りしてたのか？　なに祈ってたんだよ」

クロダがフーセンを割って「学校でいじめられませんように、ってかあ？」と笑った。ヒライも「こいつセコいから、受験のこととか祈ってたんじゃねーの？」と笑いながら、自転車の前輪をまた歩道橋にぶつけた。

ヒライの言葉に、ヤノがピクッと反応した。

「よお、ユウキ。そういえば、おまえ、青葉台受けるんだって？」

「まだ……決めてないけど」

「じゃあ、命令。おまえ、青葉台受けるの禁止」

ヤノは軽く言って、「命令だからな」と念を押した。

ぼくはまた、くちびるを嚙んだ。絶対に「うん」なんて言わない。言いたくない。でも、「受けたらマジぶっ殺すからな」とヤノに脅され、肩も小突かれて、思わずうつむいた。

「よーし、決定！」

ヤノは高らかに宣言して、「明日、学校で誓約書を書かせるからな」と言った。

横からヒライが「今日書かせればいいじゃん、ノートとペン、コンビニで買ってこさせて」と口を挟み、クロダは「じゃあ、オレ、ジュースもよろしくっ」と笑った。ヤノもそれを聞いて、なるほどなあ、と舌なめずりするような顔でうなずいた。

三人が距離を詰めてくる。

「買ってこいよ」とクロダが言う。

「早くしろよ」とヒライが言う。

ヤノが「早くしないと……」とパンチをふるうポーズをとったとき、雨がぽつんと落ちてきた。

「あ、ヤバっ、雨じゃん」

ヒライはあわてて、ぼくの自転車から降りた。

「うそ、雨?」

クロダは嚙んでいたガムをお地蔵さまの前にペッと吐き捨てた。

雨はあっという間に本降りになり、遠くから雷の音まで聞こえてきた。

「うひゃあ!」「ヤベえっ!」「コンビニにダーッシュ!」

三人は口々に叫びながら、あたふたと自転車を漕《こ》いで走り去ってしまった。

*

どしゃ降りの雨の中、ぼくは歩道橋の下にしゃがみ込んで、道路に倒れたままの自転車が雨に打たれるのをぼんやりと見つめた。

三人がいなくなってから、悔しさが胸に込み上げてくる。いつもだ。その場ではなにも言えないのに、あとになって怒ったり腹を立てたりする。

ヤノはぼくにしょっちゅう言う。「おまえ見てると、なんかムカつくんだよなあ」

——よけいなお世話だ。ぼくに対して誰よりもムカついているのは、ぼく自身なのだから。

雨は降りつづく。

エリカはどこかで雨宿りをしているのだろうか。あいつに見られなくてよかった。でも、たとえその場にいなくても、きっとエリカにはすべてわかっているだろう。

「怒りなよ、ユウキは怒らないから、ヤノくんたちにナメられちゃうんだよ」――わかってる。でも、野球やサッカーと同じように、怒ることだって、うまいヤツとヘタなヤツがいる。ぼくは怒ることがヘタで、どうすればきちんと怒れるのか、じつはよくわかっていなくて……野球やサッカーのルールを知らないようなものかもしれない。

雨は降りつづく。

うつむいていると悔しさが悲しさに変わってしまいそうなので、顔を上げた。降りしきる雨の粒が、街灯の明かりに照らされて、一瞬だけキラッと光って消えていく。

雨は降りつづく。

街灯に照らされた雨の粒が、にじみながら光る。

「ユウキ」

不意に道路から声をかけられた。エリカだ。透明なビニール傘を差していた。

「まいっちゃったよ、ゴミ袋を買って外に出たら、急に雨が降り出したから。傘を二本買うお金なんて持ってないし、ゴミ袋を返すわけにもいかないし、とりあえず一本だけ買ってきたんだけど……」

笑いながら言ったエリカは、道路に倒れたぼくの自転車に気づいて、「どうしたの？」と訊いた。「ねえ、なにかあったの？」

ぼくはうつむいて立ち上がる。クロダが捨てたガムが足元にある。それをエリカに見られたくなくて、靴のつま先で踏んで隠そうとしたら、ねちゃっ、というイヤな感触が伝わった。

悔しさが胸からあふれ出た。眉間《みけん》やまぶたにグッと力を込めたけど、エリカは「やだ、ユウキ、泣いてるの？」と言った。

ぼくは黙って首を横に振った。なにかしゃべるとほんとうに、声をあげて泣きだしてしまいそうだった。

「……まあ、こんなことするヤツって、だいたい見当はつくけどね」

エリカは寂しそうに笑って、傘を肩に掛けて、自転車を起こした。それだけでなく、「雨宿り、付き合ってあげるよ」と言って歩道橋の下に駆け込んだ。

ぼくとエリカ、そしてお地蔵さまが、歩道橋の下で並んだ。「秘密基地みたいだね」とエリカが笑うと、ぼくもやっと頬をゆるめることができた。

そのときだった。

街灯に照らされた雨粒がひときわまぶしく輝いた。

数えきれないほどの星が降っているみたいに雨が光る。エリカもそのまばゆさに驚いて息を呑《の》んだ。

星になった雨粒の輝きは、やがてひとかたまりになって、幼い少女の笑顔がそこに浮かんだ。

フミちゃんだ――。

＊

降りしきる雨の音が、ふっと消えた。

街灯の明かりよりもまぶしい光の中、フミちゃんはにこにこ笑いながらたたずんでいる。傘を差していないのに、雨に濡《ぬ》れた様子はない。フミちゃんのまわりだけ、雨が降っていないのだ。

「こんばんは、ユウキくん」

フミちゃんの声は、まるで耳元でささやかれているみたいに、くっきりと届く。ぼくは黙ったまま、小さくうなずいた。声が出ない。息を吐き出すこともできない。なのに、息苦しさは感じない。

フミちゃんは笑顔のまま、ぼくからエリカに目を移した。

「初めてだよね、エリカさんと話すのは」

エリカの名前を知っている。おそらく、他のこともすべて――フミちゃんにはお見通しなのだろう。

「ねえ……」

エリカが言った。喉から必死に声を絞り出しているのがわかる。

「どういうことなの?」

声には、かすかに怒りも溶けていた。

フミちゃんは「なにが?」と聞き返す。

「だって……知ってるんでしょ、わたしたちがさっきどこにいたか」

マサヤの家にいたのだ。

タカヒロさんと会って、星のかけらを渡して、でもその星のかけらはなにも映し出すことのない、ただのガラスの破片だったのだ。

「なんで出てこなかったの？　タカヒロさん、フミちゃんに会いたがってたんだよ。それ、わかってたんでしょ？」

もしもフミちゃんが姿を見せてくれていたなら、タカヒロさんは喜んだだろうか。それとも、もっと悲しんでいただろうか。わからない。ただ、タカヒロさんはフミちゃんに会いたがっていた——それだけは確かだ。

フミちゃんは、わかるよ、というふうに小さくうなずいた。

笑顔はさっきと変わらない。でも、ぼくたちを見つめるまなざしは、微妙に寂しそうになった。

「タカくんが悪いんじゃないから……あのひとのせいじゃないから、わたしが交通事故に遭ったのは」

「『タカくん』って呼んでたの？」

「そう……幼稚園の頃から、ずっと」

「仲良しだったんだよね」

「うん……」

「じゃあ、なんでさっき出てきてあげなかったの？」

フミちゃんはちょっと困った顔をしてうつむき、念を押すように「タカくんが悪いんじゃないから……」と繰り返した。

「わかってる、そんなの」

エリカはきっぱりと言った。最初の困惑は消えて、まるでふつうの下級生を注意するように、「でも、そんなのおかしいじゃん」とつづけた。「出てきてあげれば喜ぶのがわかってて、なんで出てこないのよ」

ぼくもそう思う。タカヒロさんは、ほんとうに悲しい目をしていたのだ。世の中の悲しみをぜんぶ背負ってしまったような暗い目でぼくたちを見ていたのだ。

エリカはぼくを振り向いて、「ユウキもなにか言いなよ」とうながした。

「いや、でも……」

言葉に詰まるぼくに、逆にフミちゃんが声をかけてきた。

「タカくんは自分で歩きださなきゃいけないの」

「……え？」

「生きてるひとは、みんな、自分の力で歩いていかないと、だめなの」

フミちゃんを包む光が、ひときわまぶしくなった。ぼくは思わず顔の前に手を掲げ、横からなにか言いかけたエリカも、そのまぶしさに気おされて目をそらした。

次の瞬間、まばゆい光は、すっと消えた。

フミちゃんの姿は、もう、どこにもなかった。

さっきまでフミちゃんがいた場所には、ただ雨が降りしきっているだけだった。

＊

ぼくたちはしばらく黙り込んだ。フミちゃんがいたときには聞こえなかった雨の音が、まるでぼくたちの沈黙を埋めるように途切れることなく耳に流れ込んでくる。

「ねえ……悪いけど、わたし、信じてないからね」

エリカが言った。声が震えている。

「フミちゃんとそっくりな女の子がいたんだよね、いま。たまたま歩道橋の横を通りかかって、たまたまわたしたちに話しかけてきて、なんか知らないけど、ミョーに話がうまく通じちゃって……ってことでしょ？　そうだよね？」

ぼくはなにも答えなかった。黙り込むことを、答えにした。エリカもそれ以上はなにも言わず、ふーう、とため息をついたきり、また黙ってしまった。

自分の力で歩く――。

耳の奥に残るフミちゃんの言葉を、何度も転がすように思いだした。全然ワケがわからない一言のような気もするし、でも、なんとなくわかるな、とも思う。

タカヒロさんに伝えたほうがいいんだろうか。フミちゃんはそれを期待してぼくに言ったんだろうか。いや、でも、そんな伝言をすることじたい、「自分の力で歩く」のとは違うような……。

雨はあいかわらず降りつづく。遠くから小さく『遠き山に日は落ちて』のメロディーが聞こえた。午後六時――そろそろここを出ないと、晩ごはんに間に合わなくなってしまう。

エリカも同じことを考えていたのだろう、また長いため息をついて、気を取り直したように「どうしようか」と言った。「とりあえず自転車を雨宿りさせて、歩いて帰る？」

「うん……でも……」

傘は一本しかない。

「わたしはいいよ、一緒に入れてあげる」

相合い傘――。

一瞬、ヤノの顔が浮かんだ。にやにや笑って「おまえら夫婦なんじゃねえの？」とからかってくるときの、イヤな顔だ。

さらにクロダの顔が浮かぶ。ヒライの顔も浮かぶ。二人とも、にやにや笑って、ひとをバカにした顔をして、殴ったり蹴《け》ったりするふりをしてぼくを脅し、またおかしそうに笑う。

悔しかった。あいつらのことというより、こういうときにあいつらの顔が浮かんでしまうことが、むしょうに悔しくて、悲しい。

エリカはぼくをちらりと見て、はは一ん、とすべてを見抜いた顔でうなずいた。

「ほんと、負けちゃってるね、ユウキ」

なにが、と聞き返す前に、エリカは「ハートで負けてるよ、ヤノくんたちに」と言った。またいつものように、あいつらのことを考えているときの、しょんぼりした顔になっていたのだろう。それも悔しい。ぼくはもう六年生で、来年には中学生なのに、低学年の頃よりずっと臆病《おくびょう》になってしまった。

「ねえ、ヤノくんたちのこと、そんなに怖い？」

ぼくはうつむいて、なにも答えられない。

「ま、いいや。三分だけ待ってあげるから、自分で決めれば？」

エリカはそう言って、歩道橋のスロープの下に入って、お地蔵さまのまわりのゴミを拾ってゴミ袋に入れていった。

その背中をぼんやりと見つめているだけだと、よけい頭の中が混乱してしまいそうなので、ぼくも手伝った。

黙々と作業をつづけていたら、駅のほうから『魔の交差点』を渡ってきたワンボックスカーが、歩道橋の横を通り過ぎるとき、ライトをパチパチッと点滅させた。

振り向くと、車はすぐ先で停まって、運転席からドライバーが降りてきた。

女のひと。

おばさん。

「傘がないんだったら、送っていってあげようか？」

ぼくとエリカは顔を見合わせた。初対面のひとだ、と思う。

でも、おばさんは古くからの知り合いのような親しげな笑顔で、「遠慮しないでもいいのよ」と言った。

その笑顔を見た瞬間、頭の片隅の記憶がモヤモヤとよみがえりかけた。

つい最近、チラッとだけ、見かけたような。

そんなこと全然ないような。

「早くおいでよ」

おばさんにうながされるまま、ぼくたちはスロープの下から出た。

*

ワンボックスカーの荷台にゴミ袋と自転車を積んでもらった。ぼくとエリカがセカンドシートに並んで座ると、運転席のおばさんはシートベルトを付けながら、「家、どっちのほう?」と訊《き》いた。

「西町の川端団地です」

エリカが言うと、おばさんはちょっと驚いた顔でぼくたちを振り向いた。

「あら、じゃあ、二人とも西小学校?」

「はい……」

「体、大きいから、六年生ぐらい?」

「はい、そうです……」

おとなと話すのは、ぜんぶエリカにまかせるしかない。

おばさんは「西小の子もお地蔵さまのこと知ってるのね」と言った。「ゴミ拾いまでしてくれてるなんて、びっくりしちゃった」

「初めてなんです」

「そうよね、おばさんもいままで四年間ずーっと見てるけど、そんなの初めてだったから」

え——?

声にならない声とともに、ぼくとエリカは顔を見合わせた。

「あの……おばさん、四年間って、なんで知ってるんですか?」

「知ってるわよ」

当然のように言って、「だって、あのお地蔵さまを立てたのは、おばさんなんだから」と、車のエンジンをかける。

ぼくとエリカは、また顔を見合わせる。二人同時に、たぶん同じことを、考えた。

「いつもは毎月一度、おばさんとダンナが二人で掃除してるんだけど、ほんと、あそこってゴミをどんどん捨てられちゃうから、悔しくってね……」

おばさんはウインカーを倒し、車の流れの切れ目を待ちながら話をつづけた。

「六年前にウチの子が、あの交差点でトラックにひかれて亡《な》くなったの」

予感は、当たった。

と同時に、おばさんの顔を見た記憶がよみがえった。星のかけらの放つまばゆい光の中でおばさんを見たのだ。フミちゃんとお父さんと三人で、幸せいっぱいに笑っていたのだ。

「その頃はまだ歩道橋もなかったの。ウチの子が亡くなったのがきっかけになって歩道橋ができたんだけど、あなたもみんなを守ってあげてね、っていう願いを込めて、お地蔵さまを置かせてもらったの」

車がゆっくりと動きだす。ブレーキペダルを踏む足の力を調整しながらタイミングをはかって合流する、その瞬間――。

「フミちゃんですよね」

エリカが言うと、おばさんは「え?」と声をあげた。

ブレーキペダルから足が浮いて、車がグッと前に出る。走ってきた車にクラクションを鳴らされ、おばさんはあわててブレーキを踏み直す。はずみでぼくたちも前につんのめってしまった。

体を起こすと、おばさんは「ごめんごめん」と早口に謝って、今度は慎重に車を合流させた。

「西小学校の六年生って言ってたわね、あんたたち」

「はい……」

「じゃあ、フミのこと、もしかしてヤノさんちのコウジくんから聞いたの?」

意外な名前と同時に、車は右折のために車線変更した。ぼくたちはまた前につんのめってしまう。車の動きではなく、話の展開についていけなかった。

どうして――。

どうして、ここにヤノが出てくるんだ――?

先に体勢を立て直したエリカは、おばさんの言葉の意味を理解したのも、ぼくより早かった。

「あ、そうか……思いだした。ヤノくんって、小学一年生の途中でウチの学校に転校してきたんだよ、たしか」

「そうだったの?」

「うん、わたし一年生のときからずーっと同じクラスだったけど、あの子が転校してきたときのことも覚えてるから」

エリカは何度も小刻みにうなずきながらつづけた。

「そうだ、そうそう、思いだした、ヤノくんは東ヶ丘にいたんだ、そこから西小に転校してきて……えーと、うん、それで……あ、そうだ、家が狭くなっちゃったとか、東ヶ丘にいた頃はピアノを習ってたんだけど、新しい家はマンションだからピアノが置けなくて、あきらめたとか……」

ぼくの知らないことばかりだった。

おばさんはなにも言わずに、エリカの話に耳をかたむけていた。それはつまり、エリカの話すヤノについての情報が間違っていない、ということなのだろうか。

「それでね、あ、でも、ウチは東ヶ丘なんだけど、学校は違うって言ってて、電車に乗って通学してたとか、あと、制服があったとか……」

エリカは自分の言葉に自分で「えーっ？　そうだったんだ！」と声をあげた。
「一年生の頃はふーんって思っただけなんだけど、それって、私立に通ってたって
ことだったんじゃない？」
ぼくもびっくりした。
いまのヤノは、そんなことは一言も口にしていない。
「私立の学校から公立の西小に転校してきて……家も狭くなって……」
算数のテストの検算をするようにつぶやいたエリカは、不意に黙り込んだ。息と
一緒に、言いかけた言葉をごくんと呑《の》み込んで、喉《のど》につっかえさせてしまったよう
な沈黙だった。
おばさんは車を運転しながら、ちらりとエリカに目をやって、すぐに顔を前に戻
すと、「コウジくんのことは、はい、おしまいっ！」と大きな声をあげた。
そして――。
「いまの様子だと、フミのこと、コウジくんから聞いたわけじゃないみたいね」
話を戻した。なんだかヤノの話題から逃げるような言い方だった。
エリカも意外とあっさり「そうなんです」と認めた。エリカのほうも、ヤノの話

をこれ以上つづけたくはなさそうだった。

「じゃあ、誰から聞いたの?」

エリカは、あんたは黙っていいから、とぼくに目配せして、答えた。

「タカヒロくんって、知ってますか? フミちゃんの同級生だったんですけど」

ストレート、ど真ん中——。

おばさんは「え?」と首をかしげ、しばらく記憶をたどって、「ごめんね、昔のことだから、もう、同級生の子はあんまり覚えてなくて……」と申し訳なさそうに言った。

すると、エリカはつづけて「星のかけらって知ってます?」と聞いた。

「はあ?」

「聞いたことないですか?」

「うん……それ、ゲームとかアニメの話?」

「ごめんなさい、知らないですよね、そんなの」

エリカは話を切り上げた。がっかりしているようにも見えるし、ほっとしているようにも見える。

車は大通りから住宅街に入った。街灯とヘッドライトにぼうっと照らされた街並みは、ふだん自転車で走り慣れているはずなのに、目の高さやスピードが違うだけで、なんだか初めての街に来たみたいだ。

「ねえ……」

おばさんが言った。

「さっきのタカヒロくんっていう子、フミと同級生だったら、いま中学生？」

エリカは「はい」と答え、「二年生です」と付け加えた。

「ああそう、もう中二になるんだね……早いね」

「でも、学校に行ってないんです」

「そうなの？」

「学校に行けなくなっちゃったんです」

「……なんで？」

「責任感じちゃって」

「責任？」

「そう……勝手に感じてるだけなんだけど、フミちゃんが事故に遭った日に――」

エリカは、マサヤから聞いたことをすべて、そのまま伝えた。

ふだんの口ゲンカから、あの日、思わず言ってしまった「おまえなんか死んじゃえ」まで。

卒業式のときにフミちゃんの写真を見てステージで倒れたことから、不登校になってしまい、キツくなるとすぐにブレーカーが落ちてしまう最近の日々まで。

隠したところもないし、付け加えたところもない。

伝言役に徹したエリカの話を、おばさんも黙って、最後まで聞いてくれた。

でも、話が星のかけらのことに入る前に、車は団地の前に着いてしまった。

おばさんは車を停めた。雨はいつの間にか小降りになっていて、これなら傘なしでも帰れそうだった。

「今日はもう遅いから、つづきはまた今度ね」

住所と電話番号を教えてもらった。

「もしよかったら、学校が早く終わった日にでも遊びにきてちょうだい。タカヒロくんっていう子の話もくわしく聞きたいし、とにかくフミのお地蔵さまを掃除してくれたこと、すごくうれしかったから、お礼においしいお菓子をごちそうさせてちようだい。おばさん、こう見えても、お菓子をつくるの得意なんだからね」

それに、とつづけた。

「星のかけらの話も、まだ聞いてないしね」

よかった。忘れずにいてくれた。

ぼくはほっとした笑顔で、エリカに目をやった。

でも、エリカは笑っていなかった。なにかを考え込み、迷っているような顔で、「送ってくれてありがとうございました」とお礼を言っただけだった。

＊

団地の中の街路を自転車で走りながら、エリカは別れぎわの複雑な表情の理由を教えてくれた。

「やっぱり言わなきゃよかったかな、って」

星のかけらのことを話したのを、後悔していたのだという。

「だって、おばさんにとっては――」

エリカはそう言いかけて、「フミちゃんのお母さんにとっては」と言い直した。

それでぼくも、あ、そうか、と気づいた。

おばさんのハキハキとした元気のよさに、つい忘れかけていたけど、おばさんは自分の娘を交通事故で亡くしてしまったお母さんなのだ。

フミちゃんは家族と一緒にショッピングセンターに出かけたときに事故に遭ったのだから、もしかしたら、お母さんは事故の現場を見てしまったのかもしれない。

救急車が駆けつけるまで、どんな思いだったのだろう。いや、なにかを思ったり考えたりする余裕すらなかっただろうか。

亡くなったことをお医者さんから告げられた瞬間はどうだったのだろう。お通夜《つや》やお葬式の間はどうだったのだろう。お地蔵さまを建立《こんりゅう》することを決めたときはどうだったのだろう。

「六年たってやっと、お母さんもお地蔵さまのことをサラッと話せるようになったんじゃない？」

そうだよなあ、とうなずいた。

「でも、星のかけらのことを知っちゃうと、それが台無しになっちゃうような気がしない？」

自分の単純さがイヤになった。確かにエリカの言うとおりだった。

亡くなったフミちゃんが生きていた頃の一家団らんの光景も、光の中に浮かびあがる。でも、それは、お母さんにとって、うれしいことなのだろうか。それとも逆に、悲しくてたまらないことなのだろうか……。

「ただ、わたし、ちょっと気になるんだけど」

「なにが?」

「お母さんがあそこを通りかかったのって、偶然なのかなあ」

「……って?」

「ほんとうはぜんぶフミちゃんの計算どおりっていうか、フミちゃんが導いてくれてるんじゃないのかなあ、っていう気がするんだよね」

タカヒロさんだってそうだよ、とエリカは付け加えて、「あと……」とつづけた。

「ひょっとしたら、ヤノくんだって」

ぼくが黙ってうなずくと、エリカは「さっき言わなかったことがあるんだけど」と前置きして、教えてくれた。

ヤノが転校してきたばかりの頃、なにげなくあいつのノートを見たら、名前が消してあった。

「苗字のところ、『たかはし』って書いてあったのを黒いサインペンで消して、横に『やの』って書いてあったの」

エリカの視線に気づいたヤノは、あわてて両手でそれを隠し、そのノートは二度と学校に持ってこなかったらしい。

「わたし、そのときは、名前を書き間違えてたんだと思って、自分の名前を間違えるってバカみたい、って……それでヤノくんも恥ずかしがって隠したんだと思ってたんだけど……」

一年生の頃なら、ぼくだってその程度しか考えなかっただろう。

でも、六年生のいまなら――。

狭いウチに引っ越しをして、私立から公立に転校をして、苗字も変わって……それがなにを意味しているのか、当たってほしくなくても、見当がつく。

「言っとくけど、百パーセント正解って決まったわけじゃないからね」

「うん……わかってる」

「でも、なんか、いま、ヤノくんがユウキをいじめる理由、ちょっと見えてきた感じがする。あいつ、ユウキが青葉台学院を受験するって言った頃から、いろいろつっかかってきたんじゃない？　わたし、そんな気がするけどなあ」

ぼくは黙っていた。うなずきもせず、首を横に振ることもなく、ただ無言で自転車を漕《こ》いだ。

エリカも、もうなにも言わなかった。

＊

エリカと別れて一人になると、ぼくは自転車のスピードを少し上げた。

霧のように細かい雨が降る夜空を見上げた。

月や星が分厚い雨雲に隠されてしまった暗い夜空に、フミちゃんの姿を思い浮かべた。うまくいかない。まばゆい光を背にしていないと、フミちゃんの体はほとんど闇《やみ》に溶け込んで見分けられない。

でも、その代わり、声がくっきりと聞こえた。

生きているひとは、みんな、自分の力で歩いていかないといけない――。

フミちゃんの言葉を、タカヒロさんが聞き取ることはあるのだろうか。

フミちゃんの言う「みんな」には、ぼくたちも含まれているのだろうか。

自分の力で歩くというのは、どういうことなのだろう……。

＊

その夜、夕食とお風呂《ふろ》をすませてベッドに入ろうとしたら、マサヤから電話がかかってきた。

先に電話に出たお母さんに「外から電話してるみたいよ」と言われ、首をかしげながら受話器を耳にあてると、すぐにマサヤの声が聞こえた。

「おう、今日はウチまで来てくれてサンキュー」

笑っていた。でも、なんとなく様子が違う。

「エリカちゃんって、けっこう可愛《かわい》かったな。ユウキのカノジョにはもったいないんじゃないのか？」

冗談を言っても、その声はうわずって、震えていた。

「……どうしたの？」

訊《き》いても返事はない。受話器の向こうで、ひとの話し声やバタバタとした物音が聞こえる。

「マサヤ、いま、どこ?」

「どこだと思う?　当ててみろよ。制限時間十秒、チッ、チッ、チッ、チッ……」

「ふざけるなよ」

「ブーッ、残念でしたぁ」

「マサヤ!」

「うそうそ、ごめん、冗談だから」

また笑う。

でも、声はまた震えた。

「あのさ……いま、市民病院なんだ」

まさか——と、背筋を冷たいものが走った。

「アニキがキレちゃって、暴れちゃってさ」

受話器を持つ手が見る間に汗ばんできた。

「親父《おやじ》がケガしちゃったんだよ」

「なんで……」

「星のかけら、捨てられちゃったんだ、親父に」

マサヤは、まいっちゃうよなあ、と苦笑交じりのため息をついて、「せっかく持ってきてくれたのに悪いことしちゃったと思って、一言謝りたかったんだ」と言った。

生きているひとは、みんな、自分の力で歩いていかないといけない——。

フミちゃんの言葉が、またよみがえってきた。

# 第五章

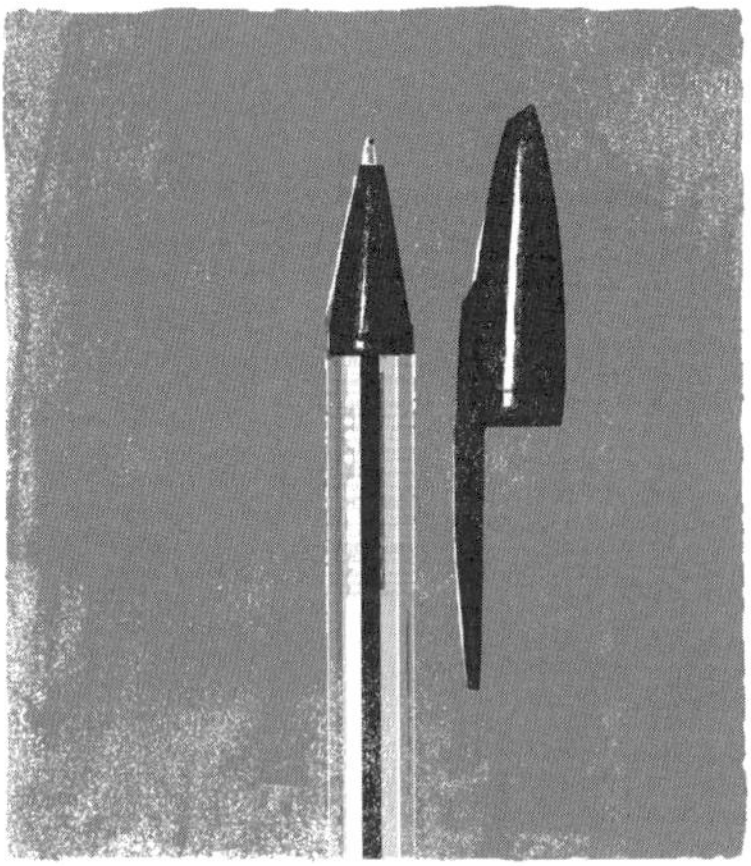

翌日、登校して教室に入るとすぐにエリカをつかまえて、ゆうべのマサヤの電話について話した。

ゆうべ、お父さんはお酒に酔って帰ってきたらしい。仕事の接待で、ここのところ毎晩のように帰りが遅いのだという。遅いだけでなく、機嫌も悪い。「酔っぱらうと、アニキのことを思いだしちゃうんだ」とマサヤは言っていた。タカヒロさんのひきこもりのことは、ふだんは無理やり忘れたふりをして、全部お母さんに任せっぱなしにしている。でも、お酒に酔って怒りっぽくなると、それを思いだして、ムカムカしてきて、許せなくなるのだという。

「自分の子どもなのに？」

意外そうにエリカは訊《き》く。不服そうな口調でもあった。

「うん……でも、マサヤはそう言ってた。許せなくなる、って」

ゆうべもそうだった。

お父さんは、お母さんやマサヤが止めるのを振り切ってタカヒロさんの部屋に入り、いつものようにくどくどとお説教を始めた。

いいかげんに学校に行け、ワガママばかり言うな、学校にも行けないようなヤツは社会に出ても通用しないぞ……。

タカヒロさんの返事はない。それもいつものことだった。

でも、いつもとは違うことが一つあった。

黙ってうつむいていたタカヒロさんの目は、机に置いた星のかけらをじっと見つめていたのだ。

お父さんが気づいて「なんだ、それは」と訊いても、タカヒロさんはなにも答えない。「見せてみろ」と手に取ろうとすると抵抗する。

揉《も》み合いになったはずみに、タカヒロさんの手がお父さんの頬に当たった。お父さんはカッとなって、力まかせにタカヒロさんの腕をひねった。星のかけらを取りあげて、窓を開け、「なんだ、こんなもの！」と庭に放り捨てた。

その直後、タカヒロさんは背後からお父さんにつかみかかった。吠《ほ》えるような声をあげて、暴れた。手当たり次第にお父さんに物を投げつけ、小学生の頃に買ってもらった少年野球用の金属バットを振り回した。

「お父さん、ケガしちゃったの？」とエリカが訊いた。

「うん……頭をバットで殴られそうになって……」

「当たっちゃったの？」

「ぎりぎりセーフだったんだけど、逃げるときに転びそうになって足をくじいちゃって、あと、本棚に頭をぶつけちゃって……」

お父さんは、病院では「自分の不注意でけつまずいて転んだ」としか話さなかった。ぼくはてっきりタカヒロさんをかばってくれたんだと思っていたけど、マサヤは「違うよ、親父《おやじ》は自分をかばっただけだよ」と冷ややかに言った。エリカもそれを伝えると、「だろうね、わたしもそう思う」とクールな様子でうなずく。

お父さんは、ゆうべは病院で一晩過ごした。今日の朝イチで受ける検査の結果しだいでは、しばらく入院することになるらしい。

お父さんが捨てた星のかけらは、まだ見つかっていない。

　お母さんがお父さんに付き添って病院に向かったあと、タカヒロさんはブレーカーが落ちて眠ってしまった。

「明日の朝まで目を覚まさないよ」とマサヤは言って、呪文《じゅもん》かなにかを口ずさむみたいにつづけた。

「明日の朝、目を覚ますだろ？　でも、起きられないいんだ。あさってはなんとか起き上がれても、まだ部屋の外には出られないんだ。しあさってになって、やっと外を出歩けるようになっても、そのあたりで、どうせまた親父とケンカしちゃって、また暴れて、ブレーカーが落ちちゃって、ふりだしに戻る」

　もうオレ、ぜーんぶわかってるんだよなあ、この負けパターン、と笑う。

「あのさユウキ、関係ないこと言うけど、オレ、中学まではニッポンにいるけど、高校からは絶対にアメリカとか外国に行くから。絶対に、もう、オレ、遠くに行っちゃって、ウチに帰ってこないから」

　だから、塾で英会話のレッスンを受けている――。

「オレってけっこう将来のこと考えてるだろ？　夢があるだろ？　アニキとは違うから、はっきり言って。で、親父とかおふくろも、このままニッポンにいたら、アニキがオレの人生に迷惑かけちゃうかもしれないって心配してるから、それが一番ベストなわけ」

あははは っ、と笑う。

ぼくはなにも応《こた》えられなかった。

電話はそのまま、「じゃあな」も「またな」も「バイバイ」も「おやすみ」もなく、向こうから切れてしまった。

ぼくは電話をかけ直すこともできなかった。

エリカは、「しょうがないね」と苦笑した。慰めるような、あきらめているような、寂しそうな笑い方だった。

「エリカだったら、どうした?」

「なにが?」

「だから……そういうとき、なんていうふうに返事する?」

エリカは少し間をおいてから、「わかんないよ、そんなの」と、もっと寂しそうな笑顔になって、自分の席に戻っていった。

*

昼休み、エリカに「ちょっといい?」とベランダに呼び出された。

「今日、フミちゃんのウチに行くんでしょ?」

「うん……」

「マサヤくんのウチのほうはどうする?」

「うん……」

「行く、よね?」

「っていうか……」

「二軒回ると、帰り遅くなると思うから、理由も考えないと。なにかいい理由って思いつかない?」

ポンポンと訊かれても、すぐには答えられない。

「ねえ、ちょっと、もしかしてマサヤくんちには行かないつもりだったの?」

じつは、そうだった。「行かない」と決めたというのではなく、そもそも最初から「行く」「行かない」という発想がなかった。

黙っていたら、エリカは「星のかけら、どうするのよ」と口をとがらせた。「なくなったままでいいっていうわけ？」

「そんなことないけど……」

「タカヒロさん、ブレーカーが落ちてるんでしょ？　じゃあ、星のかけらを探せるのはマサヤくんしかいないんだよ？　一人より三人で探したほうがいいに決まってるじゃない」

「それはそうだけど……」

もしもマサヤが「来てくれよ」と言ったら、もちろん、行く。それはもう間違いなく、絶対に。

でも、なにも言われていないのに勝手に出かけていくのは、かえって良くないんじゃないか、とも思う。

「オレ、行かなくてもだいじょうぶだよ」

話をつづけるのがキツくなったので、無理やり笑って言った。

「だってさ、エリカは知らないと思うけど、マサヤって、あいつめちゃくちゃ頭いいし、しっかりしてるし、ケンカも強いし、オレなんかが手伝わなくても、あいつ一人で全然だいじょうぶで、はっきり言って、オレみたいなのがよけいなことしても無意味っていうか、邪魔っていうか、足手まといっていうか……」

なにを言ってるんだろう。自分でもワケがわからない。ぼくはただマサヤのスゴさを伝えたいだけなのに、気がつくと自分をどんどん悪く言っている。

「だから、まあ、とりあえず――」

「『とりあえず』って、やめてくれない？」

ぴしゃりと言われた。ぼくも思わずムッとして、「だって、おせっかいかもしれないだろ、そんなの」と言い返した。「小さな親切、大きなお世話、って知らないのか？」

エリカは、もういいよ、という顔でぼくを見る。怒っているというより、悲しんでいる……ような、気がする。

「わたし、マサヤくんとは一回しか会ってないけど、ユウキよりわかってること、一つだけあると思う」

「なんだよ、それ」

「マサヤくんって、キツいときにも、絶対にSOSを出さない性格だと思う」

わかってる――ぼくだって、それくらい。

「キツければキツいほど、どうでもいいふりをするっていうか、強がっちゃうひとだと思う、マサヤくんって」

そうだよ――知ってるよ、ほんとのほんとに。

「で、ユウキがなにもしないっていうのは、おせっかいをしてマサヤくんに迷惑をかけるのがイヤだからじゃないの」

「……どういうこと？」

「マサヤくんに大きなお世話のおせっかいをして、自分が邪魔にされちゃうのがイヤなんだよ。違う？　そんなの、おせっかいだって言われたら、ごめんごめんって謝ればすむだけなのにね」

言葉に詰まった。

「まあ、そういうところがユウキらしいけど」

エリカは手すりに肘《ひじ》を乗せてグラウンドのほうに目をやった。

ぼくもしかたなく、エリカと並んで手すりにもたれかかった。

六年生の教室は、三階建ての校舎の最上階だ。高さはたいしたことがなくても、

学校そのものが丘の上に建っているので、グラウンドの先に広がる街並みをずっと先の駅のほうまで見渡せる。空は昨日の雨が嘘《うそ》のように晴れ上がって、雨で埃《ほこり》や塵《ちり》を洗い流されたせいだろうか、街並みもふだんよりくっきりと見える。

「あのさあ、ユウキ」

エリカは街を眺めたまま、ぽつりと言った。

「わたし、ゆうべ家に帰ってから考えたんだよね」

タカヒロさんのことを。

そして、フミちゃんのことも。

「人間ってさ、みんな、ぎりぎりのところで生きてるんじゃないかっていう気がするの」

「ぎりぎり、って？」

「フミちゃんは交通事故で死んじゃったわけだけど、そんなの、ほんのちょっとのタイミングで、たまたま車にひかれちゃったんだよね。『魔の交差点』の横断歩道を渡るのが、あと一分……三十秒でも、っていうか二、三秒でもズレてればセーフだったわけじゃん」

「うん……」

「車のほうも、『魔の交差点』にさしかかる前のどこかで、ほんのちょっとブレーキかけたりアクセル踏んだりしてたら、あのタイミングで『魔の交差点』を通らずにすんだんだよね」

その理屈は、ぼくにもわかる。運が悪かったとしか言いようがないよな、とあらためて思う。

でも、エリカがつづけて言った言葉は、ぼくの予想を超えていた。

「すごいと思わない？」

「え？」

「わたしとかユウキとか、よく十二歳まで生きてたなあって思わない？　わたしたちだって死んじゃうかもしれないタイミングはたくさんあって、でも、うまい具合にそこにぶつからずに生きてて……そもそもニッポンじゃなくて戦争や飢餓で大変な国に生まれてたら、わたしたち、十二歳まで生きられなかったかもしれないんだよ。赤ちゃんの頃に、もしもお母さんが抱っこしてるときにうっかり落としちゃったら、もう、死んでるかもしれないんだよ。そういうこと考えたら、生きてるって、なんか、すごいことだと思うわけ」

ぼくは黙って、エリカの横顔を見た。ちょっと話が大げさすぎる。冗談で言っているのかと思ったけど、横顔は真剣で、そして、少し悲しげにも見えた。

「だからね」

エリカは青空を見上げてつづけた。

「タカヒロさんは自分がいま生きてるんだっていうのを、もっと素直に喜ばなきゃいけないと思うの。フミちゃんのことをほんとうに悔やんでるんだったら、逆に、しっかり生きていかなきゃ……フミちゃんだって悲しいと思うんだ、いつまでもタカヒロさんが悩んで、学校にも行けなくなっちゃうのなんて……」

ぼくはなにも言えない。うまい言い方が見つからない。でも、黙っていても、うなずくことだけはできた。

口笛が聞こえた。

教室のドアのほうから、だった。

振り向くと、クロダとヒライを従えて、ヤノが立っていた。

こっちに来いよ、とヤノに手招かれた。

行くことないよ、とエリカはぼくの腕を軽くつねって、ヤノをにらみつけた。

「用事があるんなら、そっちから来ればいいじゃん」

ヤノはムッとした顔になって、「関係ねえだろ、ブス!」と言い返した。

でも、エリカにはそんなガキっぽい悪口は通じない。軽く笑って、「悪いけど、いまわたしたち話をしてるから、あとにしてくれない?」と言った。

「なんだよ、おまえら、結婚式の相談かあ?」とクロダがはやしたてるように言った。

エリカは「ばーか」とつぶやくように言って、「ほっとけばいいよ、あんなの」と、ぼくにしか聞こえない小声で付け加えた。

守ってくれているのだろうか。わたしのそばにいたら弱虫のユウキもだいじょうぶだから、ということなのだろうか。

ぼくは黙って手すりから離れ、ヤノたちのほうに向かった。「ちょっと、ユウキ、相手にしなくていいよ」とエリカはあわてて言ったけど、振り向かなかった。

*

一人で教室に戻ってきたぼくを、ヤノは薄笑いの顔で迎えた。

「昨日のこと覚えてるだろ？　青葉台学院は受けないんだよな、おまえ」

「……言ってない、そんなこと」

ヤノのパンチが届かないぎりぎりの距離で立ち止まり、三人をにらみつけた。

「嘘つくなよ」

ヒライが言うと、クロダも「おまえ、ヤノちゃんが『受けるの禁止』って言ったら、『はい、わかりました』ってうなずいたじゃんよ」とつづけた。

顔がカッと熱くなった。

わかりました、なんて言ってない。言うはずがない。

でも、三人に詰め寄られ、ヤノに肩を小突かれて、怖くなって……うつむいたのは確かだった。

「それでさ、おまえ、土壇場で裏切るかもしれないじゃん。だから、こういうの、つくったんだ」

ヤノに、おい、と顎《あご》でうながされたヒライが、「じゃーん！」と甲高い声をあげて、持っていた紙をぼくに見せた。

『誓約書』

パソコンの文字で書いてある。

『私は、青葉台学院付属中学校を受験しないことを誓います。もしも約束を破ったら、どんな罰でも受けます』――その下に、日付と、署名の欄が空けてある。

「はい、じゃあ、サインしてくださーい」

クロダがボールペンをぼくに差し出した。

三人をにらみつけていたはずのぼくの顔は、いつのまにかうつむいて、自分の上履きを見つめていた。

「なにやってんだよ、早くしろよ」

ヤノの声が、とがる。

「だって、昨日言いましたーっ、受けないって言いましたーっ」「そうでーす、ぼくもこいつがうなずいたの、見てまーす」――ふざけて笑うクロダやヒライの声も、笑っているのにとがって、針のように耳の奥に突き刺さる。

誓約書は机の上に置いてある。ボールペンも、すぐに書けるようにキャップをはずして置いてある。

エリカはベランダから見ているのだろうか。ヤノたちの声はベランダにも聞こえているのだろうか。エリカが教室に戻って、この誓約書を見たら、絶対に怒る。本気で怒る。誓約書をヤノたちから奪い取って、職員室に持って行って先生に見せて……。

そうすれば、すべては解決する。でも、いちばんたいせつなものは解決されないまま、ぼくの胸に残ってしまう。

「ほら、早くしろって言ってるだろ」

ヤノが詰め寄ってくる。もう、パンチが簡単に届く距離だ。怖い。でも、逃げたくはない。

「……なんでだよ」

喉《のど》の奥から声をしぼり出すように言った。

「はあ？」

「オレが……青葉台を受験するのって、オレの自由じゃん。そんなの、ヤノに決められることないじゃん」

あたりまえのことじゃないか。でも、その「あたりまえ」がヤノには通じない。

なぜなんだろう。

なぜ、ヤノはぼくに対して、ここまでひどいことをするんだろう。

みんなのウワサどおり、ヤノはエリカに片思いしているから――？　だからエリカと幼なじみのぼくをいじめるのか――？

昨日エリカが言っていた転校のことや、引っ越しのことや、ピアノのことや、苗《みょう》字《じ》のことが、頭の中で渦を巻く。

「早くしろよ、ほらあ」

後ろに回ったヒライに背中を小突かれた。

「早くしないと昼休み終わっちゃうだろう」と、横からクロダも肩を押す。

転校。引っ越し。ピアノ。苗字。

まさか――。

渦を巻く言葉が、頭の奥で一つにまとまった。

嘘だろ――。

ぼくは誓約書に目を落としたまま、ヤノに言った。

「……青葉台だから、なの？」

返事はない。ただ、ヤノがぼくを見つめる視線から薄笑いが消えたのは、わかった。

「もし、オレの志望校が青葉台じゃなかったら、こんなこと、しない?」

返事はない。ヒライやクロダが、きょとんとした顔でヤノを見る気配がした。それでも、ヤノは黙り込んだままだった。

ぼくはゆっくりと、おそるおそる、顔を上げた。

頭の奥に浮かんだ推理が当たってほしいのか、当たってほしくないのか、自分でもよくわからない。

でも、たぶん――当たってしまった。

ヤノはぼくをじっと、にらむように見つめていた。笑ってはいない。おまえなんか、と見下してもいない。怒っている。でも、悲しそうでもある。

ぼくも、ヤノにどんな表情を向ければいいのだろう。

勝った、とは思わない。あたりまえだ。

「ざまあみろ」なんて、これっぽっちも思わない。

でも、だからといって、「かわいそうだな」と同情するのも、絶対に違う。

ヤノはぼくから顔をそむけながら、手を伸ばしてきた。

右の手首をつかまれ、グッとひねられた。

「ほら、ペン持てよ」

「……イヤだ」

「ふざけんなよ」

「オレ、青葉台に行きたいから、受ける」

「オレの命令に逆らうのか？」

いつもの脅し文句だった。でも、いつもとは違って、ヤノは顔をそむけたまま、ぼくと目を合わせようとはしない。

ヤノは、ほんとうに――。

青葉台――。

ヤノは手首をさらに強くひねってきた。

「やめろよ！」

ぼくは大声で叫んで、ヤノの手を振りほどいた。

ヤノも「こいつ！」と怒鳴り返して、つかみかかってきた。

いつもなら、抵抗しない。頭を両手で抱えてヤノの攻撃を必死にかわし、隙《すき》を見て逃げ出して、五時間目の授業が始まるまで教室には戻らない。

でも、今日は、逃げるのは嫌だ。

生きてるって、なんか、すごいことだと思う——。

エリカの言葉が、不意によみがえった。さっきはピンと来なかったのに、いまは、胸の奥で、ぼくの心をグッと支えてくれているのがわかる。

ヤノに胸ぐらをつかまれた。ぼくもヤノをつかむ。机にぶつかり、椅子《いす》を倒しながら、揉《も》み合った。ヤノのパンチが頰に当たる。痛い。でも、痛くない。ぼくは殴り返さない。そのかわり、ヤノのシャツをつかんだ手は絶対に離さないよう、腕や指先に力をこめた。

「なにしてんだよ！　こいつ、ぶっころせよ！」

ヤノはクロダとヒライに怒鳴った。助けを求めた。逃げたのと同じだ。

クロダとヒライは、手出しをしてこない。二人とも身がすくんで動けない。

「おまえら、なにやってんだよ！」

ヤノはまた二人に怒鳴った。その隙をついて、ぼくは体重を一気に前にかけてヤ

ノを押し込んでいった。

ヤノは意外とあっけなくあとずさる。「やめろよ、おい、ちょっと、やめろって……」とうわずった声で言いながら、どんどん後ろに下がっていった。ロッカーに追い詰めた。そこからどうするかは考えていない。ただ、追い詰めた。

生きてるひとは、みんな、自分の力で歩いていかないと、だめなの――。

フミちゃんの言葉もよみがえる。

ヤノはまだこっちを向かない。逃げ場を失っても、ぼくと向き合おうとしない。

引っ越し――。

青葉台――。

苗字――。

離婚――。

転校――。

お金――。

夢――。

希望――。

挫折《ざせつ》――。

絶望――。

嫉妬《しっと》――。

こっち向けよ、ヤノ――。

ぼくは肩でヤノをぐいぐい押し込んで、背中をロッカーに押しつけた。逃げ場を失ったヤノは、やっとぼくを見た。

目が赤い。怒っているのか、悲しいから泣いているのか、それとも、悔し涙を流しているのだろうか。

ヤノはまた顔をそむけ、体をよじり、腕をでたらめに振り回した。

そのはずみで、ロッカーの上に置いてあったガラスの花瓶に、肘《ひじ》がぶつかった。

花瓶が落ちる。

床に落ちて、割れる。

スロー再生した動画みたいに、ゆっくりと、くっきりと、花瓶は落ちて、かけらも、ゆっくり、くっきり、飛び散った。

「やめなさい！　なにやってるの！」

職員室から駆けつけたシモダ先生の声で、我に返った瞬間、床に散らばったガラスのかけらが、キラッと光った。

＊

五時間目と六時間目の授業は、目や耳にただ流れ込んでは消えていくだけだった。前を向いて黒板を見て、ノートを取ったり教科書を読んだりしていても、心が体から離れてしまったみたいで、ちっとも集中できない。

机の上に、割れた花瓶のかけらがある。シモダ先生が教室に駆け込んできたときに床で光っていた、小さなかけら――。

シモダ先生がぼくとヤノの間に割って入り、体を引き離したときも、そのかけらは光っていた。まるで車のフロントガラスのかけらのようにまるい形をしていた。そして、割れた断面のギザギザした角度のせいだろうか、ほかにもかけらはたくさん散らばっていたのに、窓からの陽射《ひざ》しを浴びてまばゆく光っているのは、そのかけらだけだったのだ。

ぼくとヤノは先生に廊下に出されて、ケンカの理由を訊《き》かれた。ヤノは誓約書のことは黙っていた。証拠の紙も、クロダとヒライがあわてて、こっそり捨てた。ひきょうだ。嘘《うそ》つきだ。でも、ぼくだって、先生には「なんでもありません、最初はふざけてて、だんだん本気になっただけです」と答えてしまった。

ヤノはそんなぼくを横からじっと見ていたけど、ぼくと目が合いそうになると、また、顔をそむけてしまう。

教室に戻ると、花瓶のかけらはもう片づけられていた。でも、このかけらだけ、ぽつんと床に落ちていた。日直がホウキで掃くときに見逃してしまったのだろうか。でも、こんなにまばゆく輝いているかけらを——？

ぼくの席は、窓から遠い。陽射しは届かない。なのに、かけらは、いまも輝いている。キラキラと、虹《にじ》のようにいくつもの色に分かれて。

星のかけらと同じだ。

星のかけらは、交通事故の現場に落ちているだけじゃないんだろうか。

六時間目が終わりかけた頃、ぼくはシモダ先生が長い板書を始めたタイミングを狙《ねら》って、前の席のイシイの背中をつついた。

「ちょっとさ、これ、見てくれない？」

「うん？」

「光ってない？」

イシイはきょとんとした顔になって「はあ？」と返し、ガラスのかけらを指差した。「これが光ってる、ってこと？」

「そう……光ってない？」

「全然」

あっさりと言ったイシイは、いったん前に向き直り、先生の板書がまだしばらくはつづきそうなのを確かめてから、ぼくの机に身を乗り出してきた。

「それよりユウキ、昼休み、すごかったな。おまえ、キレたらけっこう強いじゃん」

「……キレたわけじゃないけど」

「ヤノに勝つってすげえよ。判定勝ちだよ、うん、先生が来なかったらＫＯだったんじゃないか？」

そうかもしれない。でも、ちっともうれしくない。気分がすっきりするどころか、いままで味わったことのないような苦いものが、さっきから胸の奥に張りついている。

イシイが前を向いたあと、ちらりとヤノのほうを見た。

ヤノは背中を丸めて、広げた教科書に目を落としていた。昼休みに先生に叱《しか》られたあとは見るからに元気がなくて、なにかを考え込んでいるようにも見える。

机の上で、ガラスのかけらが光る。そっとつまんで手のひらに載せても、かけらはあいかわらず、ぼくにしか見えない光を放ちつづけていた。

チャイムが鳴る。六時間目が終わる。

ぼくはガラスのかけらをズボンのポケットに入れて、ゆっくりと、ヤノの席に向かって歩いていった。

# 第六章

フミちゃんのお母さんは、ぼくが「おばさん」と言うと、両手の人差し指を顔の前で×の形に交差させて、にっこり笑った。

「ミチコさんにしてくれる？『ミチコおばさん』でも『ミチコおばちゃん』でもなくて、ただの『ミチコさん』……いい？」

おとなのひとを名前で呼んだことなんか、いままで一度もなかった。

でも、「ユウキくんだっておとなに『ボク』って呼ばれるとイヤでしょ？」と言われると確かにそのとおりだと思ったし、フミちゃんのお母さんも、確かに「おばさん」より「ミチコさん」のほうが似合っていた。

「じゃあ、お茶でもいれるね。その間にお線香あげてくれるとうれしいな」

ミチコさんはてきぱきとした声で言って、キッチンに立った。

部屋に残されたぼくとエリカは顔を見合わせて、どちらからともなく壁際《かべぎわ》の仏壇に目をやった。

陽当たりのいい和室だった。タンスや飾り棚と並んだフミちゃんの仏壇は——こんな言い方はヘンだと思うけど、のんびりと、居心地よさそうに見えた。

「お線香のあげ方って、知ってる?」

小声で訊くと、エリカは「そんなの常識」と言って、先に仏壇の前に正座した。ロウソクにライターで火を灯《とも》し、その小さな炎にお線香を二本かざして火を点《つ》けて、線香立ての灰に立てて、お椀《わん》のような鐘を鳴らして、静かに手を合わせる。

危ないところだった。線香の先についた炎は手のひらで風を送って消すんだということも、合掌は神社の柏手《かしわで》みたいに音を立てないんだということも、ぼくは知らなかった。お椀のような鐘にも、きっとほんとうは正しい呼び方があるのだろう。

「はい、どうぞ」

エリカに場所を譲られ、仏壇の正面から、あらためてフミちゃんの写真を見つめた。

マサヤに見せてもらったクラスの集合写真は入学式のときのものだったけど、仏壇の遺影は、普段着のトレーナー姿で、入学式の頃より髪がちょっと伸びている。星のかけらが放つ光の中にいたフミちゃんは、入学式の写真より遺影のほうに近い。もしかしたら、この写真は、交通事故に遭うほんの少し前に撮ったものなのかもしれない。

エリカのしぐさを思いだしながら、仏壇にお線香をあげた。鐘を鳴らし、手を合わせて、目を閉じた。

「死ぬ」ということが、ぼくには、まだ、よくわからない。

「死ぬのなんてイヤだ」とはいつも思っているし、ベッドの中で家族や友だちが死んでしまうことを想像すると、それだけで怖くなって、頭からすっぽり布団《ふとん》をかぶりたくなってしまう。

でも、「死ぬ」というのは、どういうことなのだろう。「いなくなる」のと同じ意味でいいのだろうか。「終わってしまう」のとどう違うのだろうか。

フミちゃんは死んだ。もう六年も前に死んで、いなくなってしまった。

ぼくたちは生きている。いま、ここにいる。エリカは学校で「生きてるってすごいことだと思う」と言った。でも、それは、どこがどんなふうにすごいのだろう……。

ふすまが開く音で、我に返った。「ありがとう」と、ミチコさんの声が聞こえて、目を開けた。

「心を込めて祈ってもらったから、フミも喜んでるわよ」

ミチコさんは、紅茶とクッキーをお盆に載せて持ってきてくれた。

カップは四客——フミちゃんのぶんも、ちゃんと、ある。

「このカップ、おしゃれでしょう?」

チューリップの花が開いたような形をしたカップだった。口をつけるところが花びらのように薄い。細かな細工や模様が入った取っ手も、おしゃれなぶん細くて、ちょっと乱暴に扱うと折れてしまいそうだった。

「このカップ、フミが小学校に入学したときに、わたしの友だちからプレゼントしてもらったの」

ミチコさんは友だち同士でおしゃべりするような口調で話す。

「でも、フミはまだ小さいから、割れちゃったらイヤだから、ずっと使ってなかったの。だから『三年生になったら使おうね』って約束して、フミもそれをすごく楽しみにしてたんだけど……」

結局、一度も使えなかった。

「こんなことになるんだったら、最初から使わせてあげればよかったよね」

苦笑交じりのため息をついて、「そういう小さな後悔がたくさん残ってるの」とつづけた。

「フミちゃんのことで、ですか？」とエリカが訊《き》いた。

「そう。悲しいとか悔しいとか寂しいっていう気持ちも、もちろんあるけど、それよりも、こんな小さな後悔のほうが胸に染《し》みてきちゃうんだよね」

人間の心っておもしろいでしょ？　とミチコさんは笑って、まるでさっきのぼくの胸の内を読み取ったみたいに、つづける。

「『死ぬ』っていうのは、ただ『いなくなる』っていうだけじゃないの。『生きられなくなっちゃう』ってことなの」

「あの……それって、どういう意味ですか？」

思わず訊いた。エリカも隣で「教えてください」と言った。

そんなぼくたちを交互に見たミチコさんは、紅茶とクッキーを仏壇に供えながら

――だから、ぼくたちに背を向けて、さらに話をつづけた。

「生きてれば、フミはいろんなことができたの。このティーカップも使えたし、ピアノももっと上手になってたし、水泳だって息継ぎができるようになってたはずだし、高学年になって、中学生になって、高校生になって……おとなになったら、パン屋さんになるはずだったのよね、フミちゃんは」

遺影に語りかける声は、途中から「お母さん」の優しさになっていた。

「いろんな夢があって、やりたいことがたくさんあって……でも、もう、できなくなっちゃったんだよね、フミちゃんは。『死ぬ』っていうのは、もっと生きていたいのに生きられなくなっちゃうことで、もっといろんなことをやりたかったのに、もうなにもできなくなっちゃうことなの。だから悲しいの。だから、子どもは死んじゃだめなんだよね。やりたいことがまだまだたくさんあるんだから、なにがあっても死んじゃだめなのよね……」

ぼくたちを振り向いて「長生きしなさいよ、あんたたちは」と言った。顔は笑っていても、目はうっすらと赤く潤《うる》んでいた。

「ユウキくんも、やりたいこと、あるんでしょ?」

うつむいたぼくに代わって、エリカが口を挟んだ。

「ユウキは宇宙飛行士になるんです」

この、おせっかい。

ミチコさんは「いいじゃない、それ」とはずんだ声をあげた。「うん、いいと思う、がんばって」

「あの……でも、それ、どうせ無理だし……」

「やってみなきゃわからないでしょ？」

「それは、まあ……そうだけど……」

「がんばりなさい、生きてるんだから」

ミチコさんはそう言って、今度は「エリカちゃんは？」と訊いてきた。

エリカはにっこり微笑《ほほえ》んで「学校の先生」と答えた。いままでは新聞記者かニュースキャスター志望だったのに。

「小学校でも中学校でもいいけど、弱っちい男子が元気に学校に行けるような、いじめなんて絶対に許さない先生になりたくて」

しゃべりながら、エリカはいたずらっぽい目でぼくを見る。弱っちい男子――ぼくのこと、なのだろう。

ミチコさんはエリカの夢にも「いいじゃない、すごくいいよ」と声をはずませて、また仏壇のフミちゃんの写真に目をやった。

「天国から応援してあげてね。フミちゃんのお地蔵さまを掃除してくれたんだから、二人とも」

ぼくとエリカは顔を見合わせて、小さくうなずき合った。

本題を切り出すタイミングだ。

＊

星のかけらの話を、ミチコさんは最後まで黙って聞いてくれた。

ぼくはテーブルの上に小さなガラスのかけらを置いた。昼休みにヤノとケンカをしたときに割れた花瓶のかけら——ぼくにしか見えないまばゆい光を放っていた、星のかけら。

「これが……そうなの？」

ミチコさんに訊かれて、ぼくは首を横に振った。

「ここにはフミちゃんはいませんでした」

「ねえユウキ、まだ光ってる？」とエリカが訊く。

「ううん、もうなにも……でも、これも、さっきは星のかけらだったんだ」

ミチコさんは「ちょっといい？」と花瓶のかけらを手に取って、窓から射《さ》し込む夕陽にかざした。

なにも変わった様子はなかったのだろう、小さく首をかしげて、また、かけらをテーブルに戻す。

「ユウキとわたしがフミちゃんを見た星のかけらは、いま、マサヤくんの家にあるんです」

エリカはぼくから話を引き取って、つづけた。

「お父さんが庭に捨てたって言ってたけど、でも、探せば、きっと見つかると思うんです」

ミチコさんは黙って小さくうなずいた。

「いまから、わたしたち、マサヤくんの家に行ってきます。マサヤくんとタカヒロさんと一緒に探して、見つかったら、すぐにここに帰ってきます。ミチコさんに星のかけらを見てもらって、フミちゃんに――」

　言葉の途中で、玄関のチャイムが鳴った。

　立ち上がってインターホンのモニターを見たミチコさんは、「え？」と意外そうな声をあげた。「ひょっとして……」

　ぼくはエリカをそっと肘《ひじ》でつついて、小声で言った。

「ヤノだよ」

「ほんと？」

「うん……オレ、呼んだんだ」

　エリカは口をぽかんと開ける。

「来てくれるかどうか、わからなかったけど」

　付け加えたあと、あいつ、ほんとに来てくれたんだな、と嚙《か》みしめた。

　だめでもともとのつもりで話したのだ。住所を書いたメモを渡したときも、フミちゃんが事故で亡《な》くなったことを伝えたときも、よけいな説明はしなかった。

　ヤノも教室では「行く」とも「行かない」とも答えなかった。びっくりしたのを無理やり押し隠して、ふうん、と面倒くさそうにうなずいただけだった。ぼくが立ち去ったあと、クロダやヒライはさっそくヤノの席に駆け寄った。いつもなら、ここから三人そろってぼくにいやがらせを始めるところだ。でも、ヤノは二人を怒った顔で追い払って、荒々しいしぐさで帰り支度を始めた。それを遠くから見たとき、ひょっとしたらヤノは来てくれるかもしれない、と思ったのだ。

玄関でミチコさんとヤノが話す声が聞こえる。

ヤノは「フミねえちゃん……亡くなったって、ほんとですか?」と訊いていた。声がうわずっているのが、ここからでもわかる。泣きだしそうな顔も思い浮かんだ。

「コウジくんが引っ越していった少しあとのことだったから」とミチコさんは言って、「ごめんね」と謝った。「コウジくんのほうもあの頃はほんとうに大変だったでしょ?　だから、連絡しなかったの」

ミチコさんに案内されて部屋に入ってきたヤノは、仏壇に気づくと、現実を思い知らされたように、さらに顔をゆがめた。

ぼくと目が合うと、気まずそうに、逃げるようにそっぽを向いてしまう。ぼくもヤノの顔をまっすぐ見られない。

いままでやられたことを許しているわけではない。あの悔しさや悲しさはおとなになっても絶対に忘れないし、たとえ「ごめんなさい」と謝られても、それですませられるはずがない。

でも、なにかが、いままでとは違う。

ヤノのことはもちろん嫌いだ、嫌いだ、嫌いだ、大嫌いだ。ヤノはサイテーのヤツで、許せないヤツで、それでも、ぼくはいま、仏壇にお線香をあげるヤノの背中を、にらみつけることができないでいる。

合掌を終えると、ヤノは手の甲で目元の涙をぬぐった。

「コウジくん……ありがとう、フミも喜んでる……」

ミチコさんの声も、ぼくたちのときとは違って、涙交じりになっていた。

ヤノがこっちを振り向いた。

「コウジくんも、紅茶飲む――」と言いかけたミチコさんが、息を呑《の》む。

と同時に、エリカが「うそっ！」と悲鳴のような声をあげた。

テーブルの上に置いた花瓶のかけらが、まぶしい光を放った。思わずのけぞってしまうほどの、強く、白く、キラキラと輝く光だった。

ほんの一瞬のことだ。

気がついたときには、かけらはまた、ただのガラスのかたまりに戻っていた。

でも、確かに、花瓶のかけらは光ったのだ。星のかけらになったのだ。

そして、その光は、ぼくだけに見えたのではなかった。ミチコさんは呆然《ぼうぜん》として目をしばたたき、エリカは「うそぉ……」とつぶやいて、ヤノは目をかばうように両手を顔の前にかざしたまま、「なんだ？　いまの……」とうわずった声で言った。

しばらく沈黙がつづく。頭の中が真っ白になってしまったような静けさを、ミチコさんが破った。

「行こう」

花瓶のかけらを見つめたまま言って、自分の言葉に大きくうなずいた。

「探しに行こう、星のかけら」

信じてくれた。

「フミに……会いたい……」

＊

車の中で、ヤノとエリカはじっと黙り込んでいた。

聞こえるのは道案内をするぼくの声と、ミチコさんの返事だけだ。

助手席に座ったヤノは、そっぽを向いて窓の外を見つめていた。そんなヤノの背中を後ろの席からにらみつけるエリカの顔は、なにか言いたいのをこらえているようにも見えた。

ぼくたちのぎごちなさを察したミチコさんは、途中で「同級生っていっても、まあ、みんな仲良しにならなきゃいけないってルールはないんだしね」と笑いながら言ったけど、誰も笑い返さなかったので、あとは黙って車を運転した。

マサヤの家が近づいてきた。「二つ先の交差点を曲がったら、すぐです」とぼくが言って、ミチコさんが車のスピードをゆるめたとき、エリカが初めて口を開いた。

「すみません、ミチコさん、寄り道してください」

「……え？」

「フミちゃんのお地蔵さまにお参りしてから、行きたいんです」

その言葉に、ヤノが驚いた顔でミチコさんを振り向いた。

やっぱり、あいつ、昨日のお地蔵さまが立てられた由来を知らなかったのだ。

「事故の現場に、つくったの」

ミチコさんが言った。「もう二度と交通事故が起きないように、市役所や警察にもお願いして、邪魔にならない場所に置かせてもらったの」

「現場って……」

ヤノが訊《き》くと、今度はエリカが答えた。

「『魔の交差点』の歩道橋の下。ヤノくんもよーく知ってるでしょ」

そして、もっと静かに、突き放すようにつづける。

「あんたがヒライくんやクロダくんと一緒に、ユウキをいじめた場所だよ」

ヤノの顔がゆがんだ。ミチコさんを横目で見て、言い訳するように口が動きかけたけど、言葉にはならなかった。

「ヤノくんって、いつもユウキをいじめてたんです。それも一人じゃなくて、子分を連れて、ひどいことばっかり」

ヤノは見るからにうろたえて、ミチコさんに言い訳しようとした。

それをさえぎって、エリカは話をつづける。

「でも、今日初めて、ユウキは怒ったんです。なんでだと思いますか？　ヤノくんたちに、『青葉台学院を受けるな』って言われたから……自分の夢を捨てろって言われたから、怒ったんです。自分の夢と、未来を守るために、初めて闘ったんです。ケンカはよくないけど、わたし、ユウキが怒ってヤノくんにつかみかかったとき、すごくうれしかったんです」

一息に言って、「だから」と話を締めくくった。

「だから……ガラスのかけらは、星のかけらになったんだと思うんです」

ぼくは心の中で、おまえだってそうだよ、とヤノに語りかけた。

さっきガラスのかけらが光ったのは、ヤノが来てくれたからだ。フミちゃんは、ヤノが自分の足で歩きだしたことを、星のかけらのまばゆい光でお祝いしてくれたのだ。そう伝えてやったら、ヤノは喜ぶだろうか。もっと悲しくなってしまうだろうか。笑顔よりも泣き顔のほうが先に思い浮かんだので、やっぱり黙っておくことにした。

「そうかあ、コウジくんとユウキくん、そういう関係だったんだね」

ミチコさんは軽い声で言って、「じゃあ今日、コウジくん、負けちゃったんじゃないの?」と笑った。「コウジくんって、けっこうそういうときには弱い気がするなあ」

冗談めかしていても、ミチコさんには、すべてがわかっているような気がする。

「だってコウジくん、すっごく優しい子なんだもんね、ほんとは」

ヤノはそっぽを向いて、なにも応《こた》えない。

ミチコさんは、今度はぼくとエリカに話しかけた。

「フミのほうがずっとオテンバだったの。コウジくんのこと、弟みたいにかわいがってて、コウジくんが近所の子にいじめられたら、フミがかばってあげたりして」

そうそう、あとね、とつづけた。

「仏壇のフミの写真、あれはもともとコウジくんと一緒に写ってたのよ」

「え？」とヤノが振り向く。

「そうなの。ほんとうは手をつないでたの。それをトリミングして、フミ以外はぜんぶ消しちゃったんだけど……フミが笑ってるのは、コウジくんと一緒だから、だったんだよ」

ヤノはまた、黙ってそっぽを向いてしまう。

代わりに、エリカが——なんだか急に不機嫌になってしまって、「今日のケンカ、ほんとにユウキが勝ったんですよ、もう圧勝」と言った。「ユウキって、本気出すとめちゃくちゃ強いんです」

ぼくを応援したいのか、ヤノが話の主役になるのがイヤなのか、どっちにしても珍しく子どもっぽいことを言い出した。

でも、悪いけど、ぼくは賛成しない。

「勝ったわけじゃないよ」

エリカをたしなめるように言った。

「えーっ、なんで?」エリカはすぐさま不服そうに言い返す。「だって判定勝ちだったよ、わたし見てたからわかるもん」

「違うんだよ、そんなのじゃないんだって……関係ないんだ、勝ち負けとか」

「フォローすることなんかないじゃん」

「違うんだってば。勝ったとか負けたとか、そんなのじゃないんだよ」

どう言えばいいんだろう。うまい言葉が見つからない。でも、ぼくはヤノをかばっているわけじゃなくて、ほんとうに、心から……。

そのときだった。

「勝ったんだよ、おまえ」

ヤノが窓の外を見つめたまま、ぼそっと言った。

「……そんなことない」

「いいんだよ、俺、負けたんだよ」

ぶっきらぼうな声だったけど、不機嫌なわけではなかった。

車内にミチコさんの笑い声が響いた。

「六年生かあ……そうだよね、六年生なんだよね、みんな……」

きょとんとするぼくたちをよそに、ミチコさんは何度も大きく、うれしそうにうなずいていた。

＊

『魔の交差点』に着くと、ヤノは黙って車から降りて、黙って歩道橋の下に入った。

お地蔵さまのまわりには、あいかわらずゴミがいくつも落ちていた。

ヤノは、誰に言われたわけでもないのに、ゴミを拾いはじめた。エリカはそれを見て、ランドセルから取り出したコンビニのレジ袋をぼくに渡し、「ユウキも手伝いなよ」と笑った。

ヤノと二人でゴミを拾って、レジ袋に捨てていった。最初はお互いに目を合わせないようにしていたけど、レジ袋にゴミを捨てるタイミングが一緒になって、ふと顔を見合わせてしまった。

先に笑ったのは、ヤノだった。つまらなさそうな顔だったけど、それは確かに笑顔だった。

「……知らなかったんだ、これがフミねえちゃんのお地蔵さんだって」

ヤノはぽつりと言って、「自転車、壊れてなかったか？」と訊いてきた。昨日、この場所でヤノとヒライとクロダが倒して、踏みつけた、ぼくの自転車のことだ。

「だいじょうぶだった」

ぼくが答えると、「じゃあ、謝らなくてもいいよな」と、いつものヤノに戻って言った。

でも、すぐにもう一言、つづけた。

「自転車のことは謝らないけど、他のことは……ずっと、ごめん」

どう返事をすればいいのか戸惑っていたら、ヤノは「あ、そうだ」と急に忘れ物を思いだした顔になって言った。

「おまえ、水泳得意？」

「え？」

「青葉台って、夏の臨海学校に遠泳があって、すごい厳しいから。もし泳げないんだったら、特訓したほうがいいぞ」

どうせおまえ体育苦手だから水泳もだめだろ、と低い声でつぶやくように言って、「そーゆーこと」と背中を向ける。

「……サンキュー」

ちょっと子どもっぽいな、と自分でも思った。もっと別の言い方をしたほうがよかっただろうか。でも、でも、いまの気持ちを素直に口にすれば、そんな言葉しか浮かんでこない。まだ六年生だから、なのだろうか。中学生になったら、違う言葉をつかえるようになるのだろうか。なってほしい。っていうか、ならなきゃだめだよ、と自分で自分にハッパをかけた。

昨日と今日が違う一日のように、今日と明日だって違う。明日のぼくは、昨日のぼくとも今日のぼくとも違う。今日よりもいいことだけが待っているかどうかはわからないし、それはちょっと甘いかも、とも思うけど、でも、とにかく、明日のぼくは今日のぼくとは違う。今日のぼくだって、昨日のぼくとは違う。あさってのぼく、しあさってのぼく、おとといのぼく、さきおとといのぼく……。

すごい。

毎日毎日、昨日とは違う一日が待っているなんて、ほんとにすごい。

心の中でつぶやいて、ああそうか、とうなずいた。

生きてるって、なんか、すごい——。

エリカの言葉の意味が、いま、わかった。

「死ぬ」っていうのは「生きられなくなっちゃう」ってことなの——。

ミチコさんの言葉の意味も、きっと、同じだ。

だから、フミちゃんの言葉が、また胸の奥でキラッと光るようによみがえる。

生きてるひとは、みんな、自分の力で歩いていかないと、だめなの——。

ゴミを拾い終えると、ヤノはお地蔵さまの前にしゃがみ込んだ。目をつぶって手を合わせ、お祈りを捧《ささ》げた。

ミチコさんはぼくとエリカに目配せして、先に車に乗って待っていようよ、と手振りで伝えた。

車に乗り込むと、ミチコさんは「六年生かあ。やっぱりいいなあ、青春がそろそろ始まるって感じだもんね」とさっきと同じようにつぶやいて、ぼくにもエリカにも目を向けずに付け加えた。

「フミが生きてたら、どんな六年生になってたのかなあ……」

＊

車は来た道を引き返して、マサヤの家に向かった。

「ねえ、ユウキ」エリカが小声で話しかけてきた。「タカヒロさん、会ってくれると思う？」

「……わかんない」

「マサヤくんは家にいるんでしょ？」

「うん……たぶん」

「マサヤくんに説得してもらうしかないよね」

「うん……」

「でも、だいじょうぶかなあ。タカヒロさん、ゆうべキレちゃったわけだし」

「だよなあ……」

しゃべっているうちに声が大きくなって、ミチコさんにも聞かれてしまった。

「ユウキくん、電話してみれば？　ケータイはカバンの中に入ってるから」

電話はすぐにつながった。いきさつを説明すると、マサヤは驚いて「フミちゃんのお母さんがいるの？」と訊き返した。ふだんはクールで、なんでもお見通しの顔をしているマサヤも、さすがにこの展開は予想外だったはずだ。

「そうなんだよ。で、いま、マサヤの家に向かってる途中なんだ」

星のかけらを探したいんだ、と伝えた。

「フミちゃんのお母さんに見せてあげたいんだよ」

「……うん」

「タカヒロさん、家にいるの？」

「いる……けど、まだブレーカーが落ちたままなんだ」

家には、いま、タカヒロさんとマサヤしかいない。お父さんは明日まで入院することになって、お母さんはお父さんに付き添っている。マサヤは、暗く沈み込んだタカヒロさんと二人で長い夜を過ごさなくてはいけない。

「あのさ、ユウキ。ウチに来るの、今度にしてくれない？　フミちゃんのお母さんには悪いけど、ちょっと今日はキツいんだ」

しかたなく、「わかった」と答えたら、電話の向こうで、不意にぼそぼそとした話し声が聞こえた。

マサヤはあわてて「悪い、やっぱり来てくれ」と言った。

タカヒロさんが自分からそう言ったらしい。

「いま、電話の話を聞いてて、フミちゃんのお母さんが一緒にいるって知って、それで……会いたい、って……」

マサヤは困惑しながら言って、小声でつづけた。

「こんなの初めてだよ」

タカヒロさんも変わろうとしているのかもしれない。昨日とは違う今日、今日とは違う明日を生きようとしているのかもしれない。

＊

玄関でぼくたちを出迎えたマサヤは、手に持った二本の懐中電灯を渡した。

「アニキは先に出て、探してる」

言われたとおり玄関から庭に回ると、植え込みの陰にしゃがみ込んでいたタカヒロさんがゆっくりと立ち上がり、ミチコさんを見つめて、ぺこりとおじぎをした。

悲しそうな表情だった。

でも、ミチコさんを見つめる目には、昨日会ったときとは違う、確かな光があった。

「タカヒロくん、だよね」

ミチコさんもまっすぐに見つめ返し、「フミがよく『タカくん』の話を聞かせてくれてた、あのタカくんだよね？」と微笑《ほほえ》んだ。

「……はい」

「仲良しだったのよね？　フミと」

「でも……オレ、あの日、最後に……」

おまえなんか死んじゃえ、と言ったのだ。そして、ほんとうにその日、フミちゃんは交通事故に遭って死んでしまったのだ。

「タカくんのせいじゃないわよ」

ミチコさんは静かに、微笑んだまま言った。

「でも……」

「フミもそんなこと全然思ってないから。ケンカ相手で仲良しだったんだから、タカくんとは」

タカヒロさんは泣きだしそうに顔をゆがめた。

ミチコさんは微笑んだまま、一歩、二歩とタカヒロさんに近づいていった。

「タカヒロくんが元気で生きてること、フミがいちばん喜んでると思うよ」

不思議だった。ミチコさんは目の前のタカヒロさんにだけ話しかけているのに、その声はぼくにも、まるで体の内側に直接響きわたるように届いた。

「タカくんが学校に行けなくなっちゃったのを、いちばん悲しんでるのもフミだと思うの」

「でも、オレ……」

「フミの代わりにお礼を言っていい？」

「え？」

「ずっと覚えてくれてて、ありがとう……タカくんが生きてくれてて、ありがとう……」

ミチコさんはそう言って、タカヒロさんの背中に手を回し、ぎゅっと抱きしめた。

中学二年生のタカヒロさんの背丈は、ミチコさんとそんなに変わらない。なのに、ミチコさんに抱かれたタカヒロさんは、まるで幼い子どものように見えた。

ぼくの後ろでハナをすする音が聞こえた。ヤノが泣いていた。

ぼくは気づかなかったふりをして、暮れかかった空を見上げた。空にはまだ夕陽の光が残っていたけど、ひときわ明るく、宵の明星——金星が光っていた。

＊

庭に明かりが灯《とも》った。

マサヤはさらに、脚立に乗ってテラスのスポットライトの角度を変えて、庭を照らしてくれた。

家の中の照明も、庭に面したところはすべて灯されて、明かりが届かない場所は懐中電灯を使って、みんなで星のかけらを探した。

ミチコさん、タカヒロさん、マサヤ、エリカ、ヤノ、そして、ぼく——六人がかりで探しても、なかなか見つからない。

どれくらい時間がたったのだろう、空はだいぶ暗くなって、星がいくつも瞬《またた》きはじめた。『遠き山に日は落ちて』が遠くから聞こえてきたのは、もうずいぶん前だった。夕方六時半を回って、そろそろ七時近いかもしれない。

「明日にするか?」マサヤが言った。「もっと明るいときに探したほうがいいよ」

ミチコさんも植え込みの陰から顔を出して「そうね」とうなずいた。

「ユウキくんたち、帰りが遅くなったからお母さんが心配してるだろうし……」

ぼくとヤノも、たしかにこんな時間になってヤバいかも、と顔を見合わせた。

でも、エリカは違った。懐中電灯を手に庭のいちばん奥まったあたりに膝《ひざ》をついて、タカヒロさんと二人で探しつづけていた。

「エリカちゃん」ミチコさんが声をかけた。「ありがとう。今日はもういいんじゃない?」

エリカは「あとちょっとだけ」とねばる。膝や手が汚れるのもかまわず、小さなガラスのかけらを必死に探す。

タカヒロさんもねばる。四つん這《ば》いになって、顔をほとんど地面につけるようにして探しつづける。

そして――。

「あった！」

タカヒロさんははずんだ声を夜空に響かせて、立ち上がった。

手のひらに載った星のかけらは、まだ光は放っていない。

でも、ぼくたちには確信があった。これはホンモノの星のかけらだ。フミちゃんの思いのこもった星のかけらが、いま、ここにある。

「おそらく……これ、六年前の事故のときのフロントガラスの破片だよ。そこに歩道橋が建って、階段の陰になっちゃったから、ずーっと誰にも気づかれずに、お地蔵さまのそばにあったんだ」

マサヤが言った。

「待ってたんだよね、タカヒロさんと再会して、ミチコさんとももう一度会える日を」とエリカがつづけると、ヤノも「ユウキとかオレも、この瞬間のためにここに呼ばれたのかもな……」とつぶやいて応《こた》えた。

タカヒロさんは黙って、星のかけらをミチコさんに差し出した。

ミチコさんは何度か深呼吸をして気持ちを落ち着かせてから、そっと星のかけらをつまみ上げて、夜空に掲げた。

その瞬間、まるで真昼の太陽のようにまぶしい光が、ぼくたちに降りそそぐ。

光の中に、フミちゃんがいた。

笑顔だった。

口が動く。

ま・ま——。

ママ——。

ミチコさんは、足元をふらつかせながら光に向かって何歩か進み、まぶしさに目がくらんだように立ち止まった。

＊

フミちゃんとミチコさんが交わした言葉は、なにも聞こえなかった。タカヒロさんが呆然《ぼうぜん》とした顔でつぶやいていた言葉も、マサヤがタカヒロさんの腕をとって、励ますように語りかけている言葉も、ヤノが泣きじゃくりながら叫んでいた言葉も、

そしてエリカがぼくの耳元でささやく言葉も、すべては光に包み込まれ、光にかき消されてしまった。

その光は、フミちゃんの笑顔とミチコさんの泣き顔も包み込んで、まばゆさの中に溶かしていった。タカヒロさんも消える。マサヤも消える。ヤノも消える。すぐそばにいるエリカも、最後に消えた。

でも、いつかぼくは、消えてしまったみんなの言葉や、消えてしまったみんなの表情を思いだすだろう。一人ひとりの言葉の重みや、一人ひとりの表情の意味が、その頃には少しでもわかるようになっているだろう。

それが何年先かは知らない。ぼくはおとなになっているだろうか。おとなになる道を歩いている途中だろうか。

ふと気がつくと、ぼくとエリカは手をつないでいた。

どちらが先にそうしたのかはわからない。ふだんなら恥ずかしくて、絶対にできないことだ。でも、手を離す気にはなれない。ずっとこうしていたい。エリカの手がこんなにやわらかくて、こんなに温かいなんて、初めて知った。

胸がどきどきする。恥ずかしさではなく、緊張でもなく、生きている証《あかし》なんだな、と思う。

生きてるって、なんか、すごい――。

エリカの言葉をまた思いだした。その言葉はまばゆい光にかき消されることなく、胸の奥にいつまでも響きわたっていた。

本書は、雑誌「小学六年生」（小学館刊）に二〇〇六年四月号から二〇〇七年二・三月号にわたり連載された作品「星のかけら」に改稿を加えた、文庫オリジナル作品です。

重松清著

舞姫通信

教えてほしいんです。私たちは、生きてなくちゃいけないんですか？　僕はその問いに答えられなかった――。教師と生徒と死の物語。

重松清著

見張り塔から ずっと

3組の夫婦、3つの苦悩の果てに光は射すのか？　現代という街で、道に迷った私たち。新・山本周五郎賞受賞作家の家族小説集。

重松清著

ナイフ

坪田譲治文学賞受賞

ある日突然、クラスメイト全員が敵になる。私たちは、そんな世界に生を受けた――。五つの家族は、いじめとのたたかいを開始する。

重松清著

日曜日の夕刊

日常のささやかな出来事を通して蘇る、忘れかけていた大切な感情。家族、恋人、友人――、ある町の12の風景を描いた、珠玉の短編集。

重松清著

ビタミンF

直木賞受賞

もう一度、がんばってみるか――。人生の〝中途半端〟な時期に差し掛かった人たちへ贈るエール。心に効くビタミンです。

重松清著

エイジ

山本周五郎賞受賞

14歳、中学生――ぼくは「少年A」とどこまで「同じ」で「違う」んだろう。揺れる思いを抱き成長する少年エイジのリアルな日常。

重松清著
あの歌がきこえる
友だちとの時間、実らなかった恋、故郷との別れ――いつでも俺たちの心には、あのメロディーが響いてた。名曲たちが彩る青春小説。

重松清著
みんなのなやみ
二股はなぜいけない？　がんばることに意味はある？　シゲマツさんも一緒に困って真剣に答えた、おとなも必読の新しい人生相談。

重松清著
青い鳥
非常勤の村内先生はうまく話せない。でも先生には、授業よりも大事な仕事がある――孤独な心に寄り添い、小さな希望をくれる物語。

重松清著
せんせい。
大人になったからこそわかる、あのとき先生が教えてくれたこと――。時を経て心を通わせる教師と教え子の、ほろ苦い六つの物語。

重松清著
ロング・ロング・アゴー
いつか、もう一度会えるよね――初恋の相手、忘れられない幼なじみ、子どもの頃の自分。再会という小さな奇跡を描く六つの物語。

重松清著
カレーライス
―教室で出会った重松清―
いつまでも忘れられない、あの日授業で読んだ物語――。教科書や問題集に掲載された名作九編を収録。言葉と心を育てた作品集。

星《ほし》のかけら

新潮文庫　し－43－21

平成二十五年七月一日発行
令和四年十一月二十五日八刷

著者　重《しげ》松《まつ》清《きよし》

発行者　佐藤隆信

発行所　株式会社　新潮社
郵便番号　一六二―八七一一
東京都新宿区矢来町七一
電話　編集部(〇三)三二六六―五四四〇
読者係(〇三)三二六六―五一一一
http://www.shinchosha.co.jp

価格はカバーに表示してあります。

乱丁・落丁本は、ご面倒ですが小社読者係宛ご送付ください。送料小社負担にてお取替えいたします。

印刷・錦明印刷株式会社　製本・錦明印刷株式会社



ISBN978-4-10-134931-2 C0193